石板街火車站

POTTINGER STATION

金鈴

自序

寫這部十萬字的小說，構思了一年，彷彿花了半輩子才完成。

也許你會問我，為甚麼想寫這本書？

每一個地方，有她獨有的文字用語。這些詞彙這些內容，都盛載歷史。

香港，一個充滿英倫遺風又同時兼備中國傳統的城市，我用從小學習的詞彙，撰寫百年記憶。

我生於殖民地時期，心心念念，都是追逐燦爛都市，不懂甚麼是歷史。長大之後，身邊每每有一些需要我們多加關注的事，這些事，將來就是歷史。

有歷史的城市太多怨恨，怨恨總是和希望共生。

一百年一千年一萬年，相比於靈魂轉世，當下的固執，輕於鴻毛。法國哲學家Derrida曾在著作中說：「終於，我想學習怎樣生活下去。」他亦對鬼魂有如此看法：我們也許需要開一道與幽靈溝通的門，與記憶、承傳和時代接軌，才能學懂在這亂流下生活。

故事裏鏡花水月，人生，是由無數事件交織而成。在飲孟婆茶再度輪迴之前，每一個靈魂都要經歷一段火車旅程，重溫人世種種。然而，人生軌道，並非如火車旅程一樣簡單。六道輪迴，透過生命中接踵而來的難題，重新學習。放下最愛，放下遺憾，放下仇恨，能止傷止痛。但，我們對於人生執念，卻是日深一日。

旅行多年，我學會了：當人無法放下執着時，他就看不遠；當熱氣球捨不得丟下沙包，它就飛不高；當我背負沉重背包時，只能低着頭行走。

直至，我把背負的重物放下，才會看得見天有多高，雲有多闊。

金鈴

寫於二零二一年春

目錄

楔子

嚐嚐——嚐嚐——。夜深，尾班電車準備發車，一身純白色棉質襯衫搭配同色運動鞋的韋彥晴，衝了上車，走到上層，坐到靠窗位置，聽電車輪碰撞軌道的聲音，感覺好比乘上列車穿越銀河。街燈有序的淹過前排，翻過他，又翻到後排座椅，與霓虹招牌堆疊成虛浮，在天橋和高樓下走過。

當年在香港大學唸書，少不更事每天與小情人在英皇道上穿來插去。兩人說要在畢業後一起流浪看世界，還沒看到，愛情的夏天就跑掉了。直到現在，他的夏天還沒有跑回來。

韋彥晴從懷裏拿出手機，開始玩網絡遊戲。差不多來到砵典乍街，他把手機塞進褲袋，緩緩轉動了脖子，脖子發出了喀喀的清脆聲音。他下車，發現一個身穿運動夾克，體格壯碩的男子孤伶伶站在燈光昏暗的石板街前。對方一頭短髮，長相有點嚴肅，比他略為年輕，看來未足二十歲。

韋彥晴看着他，覺得很面熟：「是你？」男子驚慌失措回頭，他的身後並沒有人。

他看向韋彥晴：「你跟我說話？」

彥晴啼笑皆非：「這裏除了你，還有誰？我當然是跟你説話──駱宇軒。多久沒見面了，讓我想想……中學畢業之後，你去了英國唸大學。算起來，五年沒見面了！」

宇軒一臉呆滯，問他：「你是韋彥晴？」

「『落雨天』，你終於想起我了。」他搭了一下宇軒的肩膊：「你的樣貌和身形，跟中學時一樣，怎麼一點沒變？現在沒有人這樣叫你吧──駱宇軒，落雨天。嘿嘿。」

宇軒的臉上，流露出不自在的神色。「我們下次再談，我趕着上班。」宇軒低沉地説。

「很夜了，在哪裏上班？」彥晴問。

宇軒抬起黯淡的眼睛：「石板街火車站。」彥晴搖搖頭：「石板街並沒有火車站。」

在冷白街燈下，宇軒聳聳肩笑一笑：「我們下次再見時，帶你去看看。」

韋彥晴舉起單手和他道別，他無意識地慣性打開手機，慣性打開通訊軟件，慣性在中學同學群組留言：「記得落雨天嗎？我剛剛碰見他，他在石板街上班。沒見面五年，居然還記得我。」

然後，收起手機。抬頭看向石板街方向，宇軒已經消失在漆黑街角中。

這班中學同學，說不上甚麼來往，只是在群組聯繫，過年過節熱熱鬧鬧道賀，其餘時間都是你有你生活，我有我忙碌。

這晚，居然有人回覆他：「別胡扯了。」

彥晴快速按鍵：「是真的。他的樣貌和身形，跟中學時一樣，一點沒變。」

「那……你應該是認錯人。駱宇軒在五年前，即我們大學一年，回香港度假時，車禍身亡。」

彥晴嚇得連手上的電話也握不穩。

「車禍的地點該不會是……」

對方回答：「石板街附近。」

韋彥晴的背樑爬上一陣冰涼。他想起，這難道和白天的事有關？

第一章 緣起

見工的時候，韋彥晴很害怕別人問一個問題：「你的夢想是甚麼？」他每一次都會陷入一片空白：夢想？對方問：「你沒有想過將來想成為怎麼樣的人，想怎麼樣過生活？」

將短髮側梳露出額頭，顯得格外幹練自信的他，身穿百褶白襯衫搭配黑色西裝，領口處鬆鬆垮垮繫着領帶，彰顯出他的隨性。「沒有。」總是這樣回答。「能夠活着就可以，這樣，已經很好。」

畢業之後，作為精算學一級榮譽畢業的他，至今仍然為工作而煩惱。在圖書館當了幾個月臨時工，不被續約，再次加入待業行列。外表儒雅又不失帥氣的他，畢業之前並非人生勝利組，畢業之後仍然一無所有。本來，社會各階層之間是流動的，下層的人有平等機會向上移動，憑個人努力在財富及職位階梯向上流，改善社會地位和生活質素。然而，如今社會停止流動，階級差異難以消除，衍生出他這種窮忙族。

「窮忙」消耗着他和大部份年輕人的時間、精力，卻又不能回饋以足夠的資歷和金錢，讓他們投資未來，提升自我。這一切，有如身陷泥沼，無論如何奮力掙扎，都無法擺脱。貧窮固然可怕，然而更可怕的是——絕望。即使找到工作，也會陷於「在職貧窮」，在可見的將來，職位和薪酬也無望提升。即便如此，他每一次面試仍然很努力，然後，接受落選通知。但是，他並不焦急。因為，很多同班同學，亦未曾找到工作，甚至連面試的機會也沒有。

這天早晨，彥晴如常從老舊的電梯走出來，進門就馬上把剛買的早餐帶回自己的小房間。

他還記得數年前以幾千元租住唐樓的一間狹小劏房獨居的情況：地產經紀帶他來到這區，他抬頭看着爬滿斑駁窗子的大廈，問經紀這裏是否荒廢住宅？經紀臉上帶着鬼魅一般的笑容，説：「它們正等待可以負擔它們的住客。」他們看過幾間過於潮濕的小單位，水珠從天花板邊緣和牆身如流淚一般滲出，租金卻高得嚇人，是他們這班年輕人永遠跨不過的門檻。終於，經紀帶他去一間在電車路不遠處的彎彎曲曲山路上的唐樓，租了一個「劏房」。

如今，他自覺有能力住「劏房」，已經非常幸運。這是業主將一個標準住宅單位分隔成多個細小房間出租，又有獨立浴室。在彥晴大學一年班，雙親在交通意外中死亡，從此改寫了他的人生。措手不及的命運，他企圖以昏睡來面對這逆轉。直至他發現房貸未清，自己沒能力供樓，只能賣樓頂債。他用他們留下來的一點點積蓄，租了這地方。之後，他便開始做幾份兼職，勉強為生。在大學，他的朋友不多，因為要做幾份兼職為生的人並不多。讀書也好，工作也好，失去父幹，因為學債和生活開支，難以擺脱「窮忙」標籤，累世循環，一池死水。適應了社會的成熟步調，他在生活底層流動中爬行，他不確定自己是否已是成人，只覺得人形未成，卻已心死。

彥晴回到房間，一邊咀嚼茶餐廳最便宜的奶油多士，一邊玩遊戲機，眼睛沒有離開熒幕。他常常覺得：好像甚麼都有，又好像甚麼都沒有；好像甚麼都想要，又好像甚麼都不想要。彥晴看着熒幕上的自己被狙擊手射中，當場斃命——倒臥血泊。血水猶如死水，都是滋養蒼蠅的深淵。

這時，有人敲門。彥晴開門，是一位速遞員。「韋先生？」速遞員遞上簽收單。彥晴一愣，是誰會寄這個給自己？

他關上門，捧着這個異常輕巧的紙盒，看一眼寄件者的名稱：Pottinger。

是一位外國人？還是一間公司？

他捧着紙盒，看着盒上娟秀的原子筆字體，看來是出自女人手筆。他用手指描畫着用英文字拼揍成他的譯音名字：WAI-YIN-CHING。

全世界只有這城，用這樣的粵音拼成英文名字，他每次看見，都會想起身份證明、學號、考試成績表、面試申請表。這不同在社交平台的稱呼；有姓有名帶着一份莊嚴。

他着迷一般思考着這件事，不知不覺把紙盒打開了。在他眼前，是一堆紙碎條，抓起一把悉悉嗦嗦，他伸手到紙盒底，指尖碰到一件冰涼東西。硬邦邦的光滑表面，是一種令他感到安心的觸感。

他抓起它放在掌心，在自己白皙柔軟的手掌上，它顯得更起眼。這是一顆酒紅色的石頭。他不懂這是甚麼晶石，但當他把它握在手裏，一種冰涼從掌心游走上手腕，再注進了胸膛——他揪心地痛了一下。忽地，他目眩了，瞬間又回復頭腦清明。

他怔呆地看着手中的石頭，腦海裏一片渾沌。他跟自己説：「是錯覺吧？」

他放下石頭，看見紙盒裏有一張細小的雪白方形紙卡。上面寫着七個中文字，除此之外，甚麼都沒有。

他煞有介事，把方形紙卡、紅石頭和寄件單，整齊地放在床邊的小餐桌上。這三件東西，到底有甚麼關聯？

他的目光，落在寄件單上的Pottinger字上。

彥晴慣性地用手機在網絡搜尋這個關鍵字Pottinger，眼前立即出現成千上萬人名。他想了一想，Pottinger中文譯名是砵典乍。

他按下砵典乍，出現的是一條他熟悉到極點的街道。從他的住所，步行過去，不過五分鐘。砵典乍街又名石板街，以殖民地時期的第一任港督砵典乍爵士命名。砵典乍街地面有大量石板，因此被稱為石板街。石板街的石板是以前的工人，用人手一塊塊鋪設而成的花崗岩，既方便轎夫上落，亦方便雨水從兩邊流走。

他再縮窄搜索範圍：砵典乍街，石頭。

這時，首個出現的，是一間商店介紹。石頭記，專營售賣各式石頭。它的地址是砵典乍街，沒有門牌。

他拈起方形紙卡，唸着上面的句子：「遇見，就別再錯過。」

既然近在咫尺，寄件人到底是不是和這間「石頭記」有關，何妨看看。

他隨手套上一件純白色棉質襯衫，把紅石頭放進牛仔褲口袋，走上大街。彥晴很喜歡石板街，因為他是個標準電影迷，每次在這個被許多知名電影納入拍攝場景的頭巷行走，就會想起《花樣年華》，然後是《十月圍城》，甚至是《色．戒》。這條路雖然不長，但在將近四十五度陡角旁邊，印記一百五十年歷史。這裏有古玩店、裁縫店、二手書店、復古服飾店等，酒吧交錯，在鬧市中獨樹一幟。

他抬頭四處張望，在街上來來回回走了好幾趟。他悶悶地掏出口袋裏的石頭，心想：一間在網絡地圖上沒有註明門牌的商店，實在很奇怪。彷彿是在告訴來者：有緣自能找上門。

這時，在他對面一個小檔的鐵皮篷頂後方，有一個紅色暗影。他止住腳步，定睛再看，發現是一個紅色招牌，上面由金漆斗大的寫成三個字：石頭記。

他心裏一凜：是這裏，居然真的找到了。他拖着遲緩的腳步，來到店外。商店有一個小櫥窗，放着很多精緻多彩的石頭。大門是實木所造，並不像一般商場小店的玻璃門，方便客人在店外窺豹一斑。

門上有一個銅匾牌，有這樣的描述：石頭不用嘴巴說話，它們用身體說話。地球上發生的一切，都清清楚楚刻寫在它們之上。

由此看來，店家可能是一個個性深藏的女人。彥晴站在門外，猶豫了半晌：貿然進去，應該跟店主說甚麼？

就在這時，大門砰然打開，一位臉蛋圓圓，皮膚白皙的女人探頭瞪着他。在陽光之下，她一頭乍看是黑亮的長髮，變成棕紅。彥晴被她突如其來的舉動嚇一跳：「你——你好。」

這位和他年齡相若的女人，平靜地說：「見這位客人在門外站了很久，請進。」

「你怎知道我在門外？」他打量眼前這位眼瞳深邃，皮膚白皙，眉毛睫毛都又長又彎的女人，覺得她渾身充滿謎樣。

女人木無表情，指一指彥晴頭頂的閉路電視：「放心，我不是妖精。」彥晴尷尬地抓抓頭皮：一向理性的他，怎會忽地變得疑神疑鬼，愚不可及？

他跟隨她走進店鋪。店內的陳設，和彥晴所想像完全不同。這裏並非一室昏暗，充滿香氛味，又充滿神秘感的小店。相反，這裏比較像一間老舊茶館，木質構造的傢具更增添復古氛圍。除了保留傳統閣樓特色，木窗木拱門等，還有重新鋪設的舊有地磚。貼牆一排高高的書櫃上，橫七豎八堆滿很多不同書籍，紅色絲絨梳化前有一張長桌，上面放着宇治抹茶、焙茶、烏龍茶類等特調飲品。

「這是一間茶室？」彥晴問。

女人搖頭：「我們是賣石頭的。」她指指櫥窗。

彥晴問她：「很多人來買石頭嗎？」她微笑：「這世代，不吶喊不浮誇，等於不存在。但總有人覺得自己像石頭：石頭般裝聾，石頭般笨拙，石頭般沉默。」

彥晴從口袋掏出紅石頭：「請問，這是甚麼石？」他全神貫注觀察她的反應。

「紅榴石。」她看也不用看：「是我寄給彥晴你的。」彥晴倒是沒想到對方會如此坦白，不知如何回應。

女人一臉若無其事：「紅榴石是代表愛情的靈石之一，由拉丁文Granatum演變而來，意思就是像種子一樣擁有新生、信仰以及純樸的象徵，同時它還被認為與血液有着密切的關係，象徵忠實友愛，可帶來幸福與永恆的愛情。傳說奧德修斯出征特洛伊前，他美麗的妻子珀涅羅珀給他一塊紅榴石。之後特洛伊戰爭十餘年，奧德修斯一去不復返，珀涅羅珀成了年輕的寡婦。然而，她一直忠於愛情，沒有因為歲月等待而頹廢，溫柔婉約依然動人。最終她等到了奧德修斯的歸來，終生廝守。」

「我們素未謀面，為甚麼你送我這個？」彥晴愈聽愈糊塗。

「對其他人來說，它是一塊護身石，可以辟邪化煞、帶來幸福吉祥；但對你來說，它還有一種作用，會讓你看見另一種人。」

女人說：「你很快便會知道。」彥晴最討厭別人故弄玄虛，他重重地搖頭：「你不把說話說清楚，我不會要你這石頭。」他把紅榴石放在檯面。

「紅榴石會認它的主人，一旦連繫上，並不能輕易擺脫。」女人遞了一張名片給他：「尚未自我介紹：石紅榴。」彥晴看着名片唸唸有詞：「石紅榴，催眠治療師？」

這時，他身後有客人進來。「抱歉，我有預約的客人。」

彥晴轉身就走，腦裏卻乍現那顆物歸原主的紅石頭。離開五十步之外的他，忽聞剛才的客人追出店外向他叫喚：「先生，你遺留了紅榴石。」說罷把它拋給他。

彥晴的目光接上了在陽光下閃耀的紅榴石，本能地伸出手掌凌空接住了它。他張開握緊的拳頭，眼看着這顆奇異的石頭。

這到底是怎麼一回事？時近中午，他猛然想起要當下午更的兼職，匆匆忙忙跑到電車站，有關紅榴石的事頃刻在腦海中煙消雲散。

噹噹——噹噹——。

夜深，尾班電車準備發車，一身純白色棉質襯衫搭配同色運動鞋的韋彥晴，衝了上車，走到上層。剛剛從跑馬地做完便利店兼職的他，從懷裏拿出手機，開始玩網絡遊戲。差不多來到砵典乍街，他抬起眼睛，忽然想起白天的事情。他探手進褲袋，紅榴石仍在。

他下車，遇上了那個孤伶伶站在燈光昏暗的石板街前身穿運動夾克的男子。再到後來彥晴知道駱宇軒在五年前車禍身亡，嚇得連手上的電話也握不穩時，他的腦海裏，想起石紅榴跟他説過的話：「對你來説，它還有一種作用，會讓你看見另一種人。」

石紅榴！對，這一定與她有關。他的雙腳，不期然來到「石頭記」門外。

青石板的街，老房子的夜，他原以為，晚上的「石頭記」外，該是冷冷清清。然而，在「石頭記」的旁邊，居然出現了一部在日間他並沒注意到的升降機。大概是升降機太普通了，灰頭土臉完全沒有特色。就像這城的公共建設，方方整整實而不華。他進入了升降機，只通往地面和一樓兩個樓層。他按掣，電梯門隆隆關上。

當電梯門再打開，他眼前異常明亮，視野廣闊。這裏不是一樓嗎？怎會是一個小廣場？

小廣場兩旁是維多利亞式花園，綺麗的鐵圈狀街燈引領着他前行。五十米左右，彥晴來到一個紅磚車站。車站的紅磚牆身和圓頂設計，正是十九世紀流行的建築風格。這車站主樓高三層，由紅磚和花崗岩建造，具有羅馬式建築常見的傾斜排水溝。主樓擁有一個巨大的玫瑰窗，屋頂有小看台，並且有一個很高的鐘樓。

彥晴走進車站，先是燈火通明的票務大堂，大堂入口處有兩面藍白寶石玫瑰砌成的牆，相對而立。韋彥晴目不轉睛看着這鬼斧神工，穿過藍白玫瑰交織的花牆，推門而進，富麗堂皇的大廳，絲絨梳化，配合着吊頂的水晶星燈，如水銀瀉地，讓大堂的整體氛圍神秘起來，站在大堂中央抬頭，甚至會有仰望星空的錯覺。寬敞明亮的區域、透明的展櫃、暖黃色燈光、落地玻璃窗。綴滿華麗雕飾的高聳天花拱頂、大理石地板搭配充滿時代感的歐式品味傢具；整體以黑白色調的強烈對比，並用香檳色突出細節，配以桃紅柳綠的中式飾品，古董掛毯，典雅雕塑。售票櫃檯上方懸吊着多個高低錯落的輪形吊燈，輪圈外圍和輪圈中心相互套索，注入現代感之餘，亦與大堂中央擺設的古典皇室馬車，相互交映。

大堂左方有一間理容店，店外的紅白藍旋轉燈，從靜止的狀態中亮起，忽然旋轉起來。

「蠢蠢欲動的靈魂，就要甦醒。」在他身後有一把聲音亮起。彥晴驚訝地轉身，眼前不是別人，正是宇軒。宇軒淡淡地說：「當紅白藍旋轉燈亮起，化妝師的客人又出現了。」

「叮。」彥晴惶然轉身，看向應聲開門的升降機。

第二章　聘書

升降機緩緩開門，一個滿臉白鬍的老伯，身上穿着被撕破鈕扣的醫院病服。他精神委靡，臉色發青，沒有一絲血色……

宇軒迎向他：「歡迎光臨。看來，你忘記在入院前簽署DNR。」

老伯不懂反應。宇軒連忙改說：「拒絕心肺復甦術。你沒有簽，醫護拚命救你，雖然救不活，但身上的皮膚都紅了。」老伯遲緩地看看自己敞開了的胸口，拉了一下衣領，有點落泊，抬起頭問：「這是甚麼地方？」

宇軒微笑：「砵典乍火車站。來，你先過去理容店。砵典乍號列車明天晚上才開出，客人都在那邊等着呢。」

老伯恍恍惚惚應了一下，手裏握緊懷錶，像是生怕它會掉失。然後，慢慢走向滾動輪迴的紅白藍旋轉燈。

彥晴一聽，腦海轟然一片空白。一位死了很久的同學，一位剛剛在病房失救的老伯，砵典乍號列車……

他嘴唇發白，一把抓着宇軒的臂膀。他感到溫熱和柔軟，並非想像中的僵硬和冰冷。

宇軒搖頭：「放心，你未死。」

彥晴喜上眉梢，緊緊攬着他：「太好了，你原來在生？」

宇軒再搖頭：「不，我已經死了。這裏是讓死人離開人間的車站。」

彥晴嚇一跳，把宇軒推開。

「這……到底是怎麼一回事？」

宇軒嘆氣：「我也不知道。車長叫我先見見你，如果沒有問題，你可以明天上班。」

「上班？」彥晴完全茫無頭緒：「在死人的地方上班？」

漸漸模糊的思考中，彥晴浮現了一個單純的疑問。這一切真是現實嗎？

「一定是在開玩笑。我誤闖這片場，這些人在拍電影，你易容裝扮成宇軒，全部人都在戲弄我！來吧，我識穿你們了，別再裝模作樣演戲！」

彥晴轉身離開，一頭栽在迎面的客人臉上。他按着額頭連忙說抱歉，但見手指感覺黏稠，他一看是滿手血腥，再看迎面的人頭上血淋淋崩了一角。他當場感覺暈眩，在失去意識前聽到宇軒跟那人說：「歡迎光臨，是死於交通意外？放心，我們會先幫你做個美容……」

彥晴再一次回復意識，感覺到臉上有點黏稠。

他猛然張開眼睛，大叫：「血！我一臉都是血！」窗外射進陽光，有一隻黑色巨犬正和他四目交投。他從長櫈上跳起：「獒犬！」

「牠的確有阿爾卑斯山獒犬的稱號，但牠不是獒犬，牠是聖班納犬。」一個女人在不遠處的木搖椅上向巨犬招手。

「石紅榴？」彥晴看見是她，重重吁一口氣。這代表，自己回到人間。

「我為甚麼在你店裏？」彥晴問。紅榴揚眉：「明明是你進來我店。」

他回想昨晚看見的一切，用雙手按着臉，然後抬起眼睛瞪向紅榴：「是催眠！你是催眠治療師，你把我催眠了。」

對，他從未離開過這店，他所見的都是幻象。現在，應該還是那個他要趕着去做兼職的下午。

他滑開手機熒幕，映入眼簾的數字令他覺得混亂到至極。已經過了二十四小時。他第一次和這女人見面，是二十四小時之前。

「你用甚麼方式令我昏睡二十四小時？」彥晴問。紅榴愛理不理，忙碌地為那隻聖班納犬梳理毛髮。

「你這樣是犯法的，我沒有容許你把我催眠。」彥晴走過去伸手抓住她胳膊。聖班納犬見狀向他吠叫，彥晴馬上放開她，被嚇得退後了幾步。

紅榴把牠按住，微笑：「你不要亂來，我男朋友養的犬，是負責保護我。剛才發現你的時候，你是睡在我店門口。」

「我不會隨便幫人催眠，我……」紅榴站起身，冷冷在他耳邊說：「收費很貴，你付不起。」

彥晴臉上一陣紅一陣白，又是羞憤又是害怕。如果，他真的在街上過了一夜，那昨晚看見的，是夢還是真實？如果，她說謊，那為甚麼她要如此欺騙自己？

她心知肚明，自己不過是窮光蛋一名。

彥晴惶惑地問她：「你可知道，你這店旁邊的升降機，會通往一個車站？」他一邊說，一邊自覺此番說話是何等不荒誕。

意想不到的是，紅榴一臉冷靜，點點頭。彥晴這才真的被嚇了一大跳，目瞪口呆。

紅榴訕笑：「昨晚你碰見了誰？孤魂野鬼、枉死鬼、吊死鬼、水鬼、餓鬼、短命鬼、貪錢鬼、缺德鬼、無聊鬼？」

彥晴憶想到那人頭上血淋淋崩了一角，感到胸臆中一陣悶氣直湧喉頭，他用手掩住口鼻，直奔出店外。他的胃很空，只是作嘔，甚麼都沒吐出來。然後，他看到旁邊的升降機，無比的驚懼從脊樑爬上頸背。

他要馬上回家，不再來這裏。「叮。」彥晴的耳邊響了一下，他惶然轉身，看向應聲開門的升降機。

一雙情侶，摟摟抱抱走出來。他傻眼一般看着他們，怎看都不像是鬼男女。男的見彥晴擋着路又盯着自己女朋友，狠狠瞪了他一眼；彥晴隨即佯裝離開，走進升降機裏。升降機的顯示板令他再度陷入迷惑，他揉揉眼睛，無法理解眼前的現實。

他衝出升降機，撲進店裏，問紅榴：「為甚麼沒有？」正在沏茶的紅榴抬起眼睛：「沒有甚麼？」

「這升降機可通往的樓層由二樓到二十樓，偏偏沒有一樓！」他的聲音有點歇斯底里：「你是知道的！你知道有火車站！你知道這一切……」

紅榴在茶碗上深深吸一口氣：「很香，是時候了。」她把茶碗奉上。

本來有點激動的彥晴接過茶碗，嗅着茶香，看見她溫婉的舉止，漸漸平靜下來。

他一飲而盡，溫暖感從胸腔漫溢，芳香沁潤，滿口回甘。

紅榴說：「我只是按本子辦事，給你寄上紅榴石。它認定你，便會給你異能。往後的事，和我無關了。」

「你是誰？」彥晴放鬆腰板，靠在櫃檯前的高櫈上。

紅榴一邊沏茶一邊回答：「我只是一位喜歡石頭的女生。四年前在冰島修習催眠，回來之後開了這間店。有人叫我把你送到砵典乍火車站，我於是照辦。」她從櫃檯的抽屜拿出一包東西，是一套簇新的西裝。

「他們的車長，叫你今晚去上班。」紅榴說。「職位是鐵路總經理，日薪五千。」

彥晴以為自己聽錯：「五千元？在陰間工作，不會是陰司紙吧？」

紅榴噗嗤一笑：「誰說你在陰間工作？你是未死的人，誰會讓你留在陰間？你回去好好考慮一下，晚上換好衣服過來。」

彥晴接過一袋西裝，走出石板街，肚子很餓，在石板街與半山扶手電梯間找用餐的地方。餐廳選擇很多，多以西式為主，有早午餐、披薩、意大利麵等。實在不知道要吃甚麼，就在街口看到Kebab店，門口有一大串正在燒烤的土耳其旋轉肉串。它是一種把旋轉烤羊肉、牛肉或雞肉削下來，加上配料而成的土耳其食物。這家的Kebab用切開了的法國長麵包夾起，直接從肉串刨下就包好，肉汁香濃。

「這應該用皮塔餅。」彥晴在排隊付款的時候，聽見前面剛剛接過法包的女生問店員。

「本店沒有皮塔餅。」店員聳肩。

女生語氣中帶點倔強：「Kebab是要用皮塔餅橫切，打開中間，然後加入烤肉、沙律、蔬菜、芝士及醬汁而成。你用半圓或三角形的弗頓餅或阿拉伯麵包代替亦可以，但不可用法包。」

店員無奈地說：「我真的沒有皮塔餅。你若不喜歡法包，我給你換薯條或生菜沙律吧，中環白領都喜歡吃。」

女生臉上非常不滿：「還有，你剛才非直接從肉串刨下烤肉，而是經過鐵板熱炒。最正宗及的方法是把一片片的瘦肉片插在一垂直的串上，像一圓柱體般，然後在爐邊炙烤，偶而會有些蔬菜，如番茄、洋葱等放在肉串上，以蔬菜的汁液保持肉片的濕度，減低烤焦的機會。烤好之後，用一把又長又尖的刀把肉刨下來。」

店員聽了火光，正要破口大罵；他身後有另一個男人從小廚房走出來：「Kebab在這裏就是個填飽肚子用的快餐，人們不覺得需要講究。但小姐你既然鍾情中東美食，找天不要挑中午過來，你晚上來，我親自做皮塔餅給你吃。」

女生掛下臉，拋下一句「謝了」便走。彥晴一邊拿着熱呼呼的Kebab，一邊看着她走下石板街的側影。

這女生一頭長髮，圓汪汪的大眼睛，加上小巧挺直鼻樑，看似柔弱，但剛才說話時卻又毫不退縮，要用言語把對方擊潰。她是特別喜歡吃Kebab，還是因為別的甚麼原因？

他看着白色翻領襯衣搭卡其色短褲的她，漸行漸遠。

白色翻領襯衣。彥晴想起了自己手中的一袋西裝。月薪十萬，相比在便利店當兼職的最低工資，的確是很吸引的薪酬。孑然一身，無家無室無業無銀，但去看看何妨？

午夜，他重複二十四小時前曾經做過的事。在升降機大堂迎接他的宇軒，見他身穿一襲白色翻領襯衫搭配黑色西裝馬甲，在領口位置繫着一個黑色蝴蝶領結，儒雅又帥氣。

「歡迎，總經理。」他向彥晴行禮。彥晴有點靦腆：「說甚麼總經理……我只是來見見你們車長。」「哦……」宇軒的語氣中有點失望：「車長在火車上等你。」

彥晴位處人堂，檯櫈皆有黃銅和金屬細節，與高懸的列車報牌上鋪飾的黃銅與錫磚，構成奇幻元素。這裏利用恍如隧道般的通道和座位，將票務大堂和月台分隔成兩個空間。

他走進龐大的古老月台，羅馬式半圓拱頂設計，旁邊有咖啡店和紀念品店，彷彿作家筆下的魔法世界。牆上鑲滿魔杖盒櫃，壁畫，甚至是貼在牆上的魔法海報，也令人仿似置身於電影當中。月台上以貓眼石鋪砌成大道，指引乘客離開金光璀璨的火車站踏上征途。

前方一片迷霧，甚麼也看不見，只有一個長長的、燈光很暗的月台。在月台旁，停着一列火車，這列車由二十節組成，有炊事車、有餐車、有臥鋪車廂和普通車廂。在臥鋪車廂門口的踏腳板旁，站着一位中年尼泊爾人，他身着耀眼的軍裝，正和一個客人談話。身穿多用途背心外套的客人，背着一個相機袋，頸上掛着一部已經停產了的菲林相機，手裏緊緊握着懷錶。

尼泊爾人看向彥晴：「你來了。」他指向列車最前的車卡：「車長在那裏等你。」他點點頭，看向他旁邊的客人，怔了一怔。這位老記者打扮的伯伯，不是別人，正是昨天見過的那男人。他脱了病服，髮型和鬍子都梳理好，精神爽利。他似乎認不出自己，逕自和尼泊爾人高談闊論。

他來到第一卡車廂，車廂外寫着職員專列。他倒抽一口冷氣，伸手握住車廂門口的扶把，手長腿長的他，毫不費力蹬腳便利落的上了車。這卡車廂內都是包廂，充滿各式各樣特色牆壁，散發濃濃藝術氣息。車廂門口是弧形古典樓梯，浪漫的氣息一湧而來。他沒想到這車卡有兩層，剛才從外觀所見一點也看不出來。拾級而上，觸手所及的黃銅欄杆極盡奢華復古卻又感覺冰冷，一切都彷彿置身於荷里活電影場景之中，美得太不真實。

這層只有一個小客廳，後面應該是一間巨大的套房包廂。小客廳周圍掛上當代畫，像一間美術館，將不同時期的藝術品、畫作和古董搬到了車廂裏。

彥晴感到奇怪，怎麼從登車到現在，一個人也看不見？他們口中的車長在哪裏？

車廂裏愈來愈冷，他內心的疑惑升至極點。這是砵典乍號列車，他不應該來到這裏的。

他正想轉身，一個女人打開房門走出來，她身上的黑色西裝裙給人一眼驚豔的感覺，見者心動。這女人將頭髮盤起，黑色的搭配，令她的皮膚襯得更加白皙。她穿的西裝裙比較短，在視覺上很有拉長雙腿效果，再搭配了一款簡約的黑色高跟鞋，美腿纖細。

彥晴眼睛一眨不眨看着這位比他還年輕的女人，但覺她有點面熟……「Ke-bab女孩！」他衝口而出。正當兩人四目交投之際，列車震動了一下，然後，擴音器傳出悦耳的廣播：「歡迎各位乘客登陸了砵典乍號列車，我代表全體工作人員，祝大家有一趟愉快旅程！」

彥晴當場呆住——開車了？他現在要去地府？不！

第三章

鏡花

「停車！」彥晴向眼前的女人求救：「那位車長是否在裏面？你應該和我一樣，是來見工的？」

對方瞪着圓汪汪的大眼睛看着他，搖頭：「我不是來見工。」

彥晴定神，他眼前這女子，和日間看見的柔弱小女生感覺完全不同；此刻的她儼如女王。

「列車開了，便不可以停車，這是規矩。在我們這兒工作，要守很多規矩。」她示意彥晴在絲絨單人椅坐下來，自己亦隨之坐在他對面的另一張絲絨單人椅。

「你是……」彥晴站着沒動，腦海中一片混沌，手腳沒法協調過來。

「錢若雪，砵典乍號列車車長。」對方隨手舉起一個玻璃杯：「這是我個人最愛的雞尾酒，這杯Mojito有濃烈的薄荷香氣，伴隨着酒氣韻味，我們的酒吧出品算是有上乘的調酒功力。」

彥晴看着她骨碌碌把酒一飲而盡，幽她一默：「不是說在這裏要守很多規矩嗎？車長行車時飲酒，不是知法犯法？」

錢若雪板起臉，砰然放下酒杯。彥晴皺眉：是老太婆嗎？一點幽默感也沒有。

錢若雪沉色：「車長不用駕駛，這列車是無人駕駛；不對，是無魂駕駛。它自然懂得怎麼去要去的地方。所以……」踏着四吋高跟鞋幾乎和彥晴平頭的若雪站身，湊頭貼近他耳邊，輕聲說：「我—可—以—飲—酒。」

彥晴嗅出從她身上傳來的淡淡花香，頃間失神，愣愣地瞪視和他只有五厘米距離的一雙杏眼，目眩神迷。

錢若雪抽身，用指尖抓一抓前額碎髮：「嗯，你通過面試了，快點開始工作吧。」

「你為甚麼要聘用我？」彥晴問。

「不是我要聘請你，是石紅榴說的。」

彥晴指着遠去的車站：「紅榴明明說是車長你要聘請我。」

若雪搖頭：「我沒有。」她朝他指一下再反鈎食指尖：「跟我來，我介紹車上的員工給你認識。」

彥晴覺得整件事疑點重重，事有蹊蹺，本想開口拒絕這份工作。但，回心一想，現在說甚麼也沒關係。列車已開，聽天由命。

他不情不願跟着她走下樓梯，有三個人在這裏並列等候他們，神情嚴肅威武。若雪說：「每晚開車後五分鐘內，大家必須來集合做是次行車彙報。」

站在最左邊是彥晴認識的宇軒，他旁邊是剛才在月台上見過的中年尼泊爾人，最右邊是一位一身武館拳師裝扮的中年男人。

若雪一臉冷冰冰地介紹：「宇軒負責票務和膳食，喬治負責維修，林師傅負責茶水，其餘房務皆由白臉嬤嬤們負責。」

三人一臉嚴肅，面容繃緊。彥晴垂頭，壓低聲線問：「大家都是死人？」

若雪雙手交抱，亮聲說：「世上沒有死人，人死了就不再是活生生的人。他們是：靈魂。林師傅，請你一會兒替他補課。」

「嗨，為甚麼不是我？」喬治指着林師傅大叫：「我是英軍喱喀部隊，學識比他多。」林師傅悶哼：「他是中國人，自然由我教。」

若雪不發一言，臉色像泥巴一般難看；兩個大男人見狀立即噤聲。

宇軒此時借機分散各人的注意力，朗聲報告：「今晚車上有一百二十位乘客。」

「這樣的話，大家要快點開工了。」若雪說話時是抬起頭挺直腰板，成熟的語調和她這年輕的外貌毫不相稱。她轉身離開，返回樓上的客房。三人聽見她的腳步聲漸遠，才吁一口氣。剛才緊張的氣氛一下子調整過來。

林師傅拍拍彥晴的肩：「塊頭夠大，是練武好材料，跟我學武功？」喬治一手搭在林師傅身上搶白：「別說笑話，要學當然是洋槍洋炮，來，找天我教總經理燒槍。」林師傅甩開他，四兩撥千斤，喬治呱呱大叫。林師傅冷笑：「你們祖先是廓爾喀人，曾於清乾隆年間兩度攻入西藏，意圖搶掠喇嘛財富，後有乾隆命清朝人將福康安和海蘭察率兵支援，是他的十全武功之一。」

宇軒歡天喜地拉着彥晴：「彥晴，彥晴，我們又可以在一起了。」林師傅正色：「你到現在還是像中學生一般，唉，真是……你要專稱他總經理。」

彥晴搖手：「不用，叫我甚麼也可以。」

「不可以的——」林師傅作揖：「我們只可以叫你總經理，總經理有請。」他領着彥晴到茶水部。「林師傅，可否讓我握一下手？」彥晴問。

林師傅勉強地伸出手，搖搖腦勺：「香港做了殖民地太久……一見面，要握手。」

「握手雖然是國際禮儀，但我真正想知道，你的手是否和宇軒一樣溫暖。」彥晴抖擻着手掌，直到觸及從對方身上的暖流，才放下心頭大石。

林師傅微笑：「總經理，你以為我們是冷冰冰的鬼？」彥晴腼腆地刷紅臉：「抱歉，我不是這個意思。」林師傅拍拍他肩膀：「靈魂雖然與惡鬼不同，但我們都是沒有肉身的虛浮。你以為感覺到的，其實是你主觀渴望而投射出來的感應。」

彥晴似懂非懂，林師傅咧嘴：「沒事，你是第一個凡人總經理，我會一點一點教你。」

「第一個？我以為一直有這空缺。」彥晴一臉訝異。林師傅搖頭：「據車長所說，一百八十年來都沒有。」「死了一百八十年？」彥晴幾乎以為自己聽錯。「車長已經有二百歲？」

林師傅點頭：「是。」彥晴愣愣的憶想，若雪在中環鬧市出現時，打扮簡樸入時，對西方飲食瞭如指掌，一點也不像一個在清朝出生的人。

「她為甚麼選我？」彥晴問林師傅。林師傅聳肩：「她說是紅榴做的好事，一百八十年來，列車每晚都是由同一個車長管理，神覺得這樣不太好，認為是時候，要找一個人類來做顧問，改善管理。」

改善管理？原來，靈界也會與時並進。彥晴雖然感到不可思議，但身為精算學一級榮譽畢業的他，多少有點明白為甚麼選擇自己。

林師傅繼續說：「除了車長，這裏年資最深的人是我。我大概是八十年前……算了，這不重要。這列車駛往忘泉站之前，需要很漫長的時間，但中途不會停站。」

彥晴問：「乘客會否覺得很無聊？」

林師傅搖手：「當然不會。二十節車每卡都可以無限伸展，確保乘客有充裕活動空間。車上有咖啡店、酒吧、餐車、圖書館、美容院、健身中心、空中花園、天際線泳池，各適其適。」

登車時看見砵典乍號列車的奢華，彥晴當時已經為儼如歐陸式「東方快車」的裝潢，心動不已。但如今聽來，它根本是一間移動式度假村。然而，再回心一想，自己將要和一百二十多個靈魂共處，彥晴卻又不禁心頭一懍。

林師傅彷彿看懂他的心思，訕笑：「不過，你不會常常看見他們。乘客很少離開自己的車廂；他們在車上最主要目的，是重溫人生的靈修課。」

「甚麼是靈修課？」彥晴問。林師傅說：「你很快會知道。」

又故弄甚麼玄虛？彥晴心裏納悶。「我的工作是甚麼？」彥晴問。林師傅打開房門：「這是你的辦公室和休息室，是車長的設計。」

彥晴原以為必定是一間古老書房，但沒想到眼前一亮。原木色的前台、大片的陽光透過窗戶灑進來。辦公環境寬敞明亮，整齊擺放的桌椅加上各種舒適的辦公用品，讓工作變得非常的輕鬆、愉快，最引人注意的是天花板的造型，由各種彎曲的管道組成，設計感十足。旁邊的休息室看上去十分的安靜，簡約的桌椅、時尚的吊燈，沒有過多的修飾，舒適的布藝梳化床搭配精緻茶几，還設有一些簡單電器。彥晴心想：坐在這裏享受美味的食物和咖啡，一定可以盡情休息和放鬆。

這時，他的視線落在房間一角，被陽光穿透的白色窗紗前，若雪正看着窗外的遠方。她別轉身，示意林師傅離開。在日光下白皙的她，令彥晴眩目。

「記住，這裏的陽光，只是幻象。」

她指着辦公桌上的一大堆文件，冷冷地拋下一句：「你把這些先處理好。」她的手指並不如想像中纖弱，反而是有點和優雅氣質互不搭調的圓鈍，令人想發掘她的過去。但當彥晴的目光移到那為數近百封亂七八糟尚未開封的公文郵件時，他幾乎窒息。

他在大學唸精算，是因為他可以在計算上花精神，但最厭倦處理一大筆糊塗賬。他隨意打開一個信封，上面寫着：最後通知。內容大抵是尚欠信用卡繳費，合共……「一四萬八千元？」彥晴高叫。若雪皺眉：「你幹嗎大叫？這就是要聘請你的原因嘛。」

「你不是靈魂嗎？有必要在人類世界花費？」他的眼球迅速跟隨賬單上的文字直掃，全是餐廳和酒吧的名字。

若雪睜大眼睛，一臉理直氣壯：「我是與眾不同的靈魂，管理列車要與時並進，所以我先要親自品嚐大江南北美食，找出好吃的東西，引進列車餐卡。」

「與時並進，亦要懂得量入為出。你一直沒繳款，看來列車的收支一定出現問題。」彥晴把郵件一封一封打開。

若雪揮袖：「最可惡是那個甚麼業主立案法團！四十年前，我以為一次過購入這閣樓單位可以安枕無憂。但最近，大廈太舊，他們說要集資翻新外牆，我白白支付了三十萬大元，才周轉不來。」

原來是閣樓。難怪，日間在電梯的按鈕電子板，根本沒有這樓層。彥晴搖頭：「你有甚麼收入？」「相連閣樓的地鋪，也是我的。」若雪回答。

「地鋪？你可以加租。」彥晴重重合掌：「中環地鋪！很保值呢。」若雪搖頭：「不行，與石頭記的租約是從很多年前訂下，在道義上我不能加價。」

「石頭記和這列車有關係？」彥晴雙手抱胸。

若雪點頭：「大家都是為靈魂服務。紅榴負責生前，我負責死後。」彥晴想起，紅榴是催眠治療師。

催眠治療——靈魂——

「既然如此，問紅榴收佣金。」彥晴用手托着下顎。

若雪聽不明白。彥晴繼續説：「林師傅剛才説，靈魂來此重溫人生修習，應該是前世今生之説？如果，她要為活人指路，就必須與此處靈氣接軌。」

「對，所以我們才會在列車上。否則，我才不會和她那種人打交道。」若雪抿嘴。

「她是怎麼樣的人？」在彥晴的印象中，紅榴是有點怪裏怪氣，但不像壞人。

若雪雙手交抱胸前：「我不喜歡蠢女人。她太重視感情，為一個男人，不惜犧牲所有，愚不可及。道不同，不相為謀。」

她眼中頃間浮現出閃爍的怒火：「我，生生世世不會相信愛情。」

彥晴從未見過恨意如此深的女人，他有點害怕，馬上説：「如果問紅榴收佣金，應該可以解決燃眉之急。」

若雪置若罔聞：「多希望這堆是兑條或匯票……罷了罷了，你只管去做。」

彥晴點頭，心裏盤算：「只要自己可以回到人間，自有選擇權：到時再重新考慮，留下還是一走了之。」他心裏不期然為自己的聰明，暗暗高興。

這時，喬治叩門：「車長，『鏡花水月』已經修好了。」若雪眉開眼笑：「太好了。若非上次那隻惡鬼搗亂，它才不會有裂痕而間斷性運作。」彥晴心裏一震：車上有惡鬼？

喬治豎起拇指：「幸好車長你常常讓我到人間走走，買點整修的補給品。」若雪冷笑：「你哪裏是為了買東西，分明是別有用心。」

她按動牆上的對講機廣播：「各位乘客，大家可以回到房間，開始靈修了。」彥晴一頭霧水：「『鏡花水月』是用來靈修？」喬治微笑：「總經理想看看嗎？」

彥晴看一眼若雪，感覺留在辦公室比較安全。若雪懶洋洋說：「去吧，有喬治在，沒有惡鬼可以傷害你。」她轉身就走。

喬治悄聲跟彥晴說：「她一定是去找點甚麼吃的。告訴你，她唯一的興趣，是吃東西。」彥晴幻想她一副吃得津津有味的樣子，剛剛的不安，才感到有點實在。

彥晴跟隨着一身英軍啹喀部隊裝扮的喬治，來到臥鋪車卡，開門的不是別人，正是攝影師老伯。

彥晴的腦海中仍然是第一次見他那副在病房失救臉色發青的模樣，他的內心不由得又再次惴惴不安。

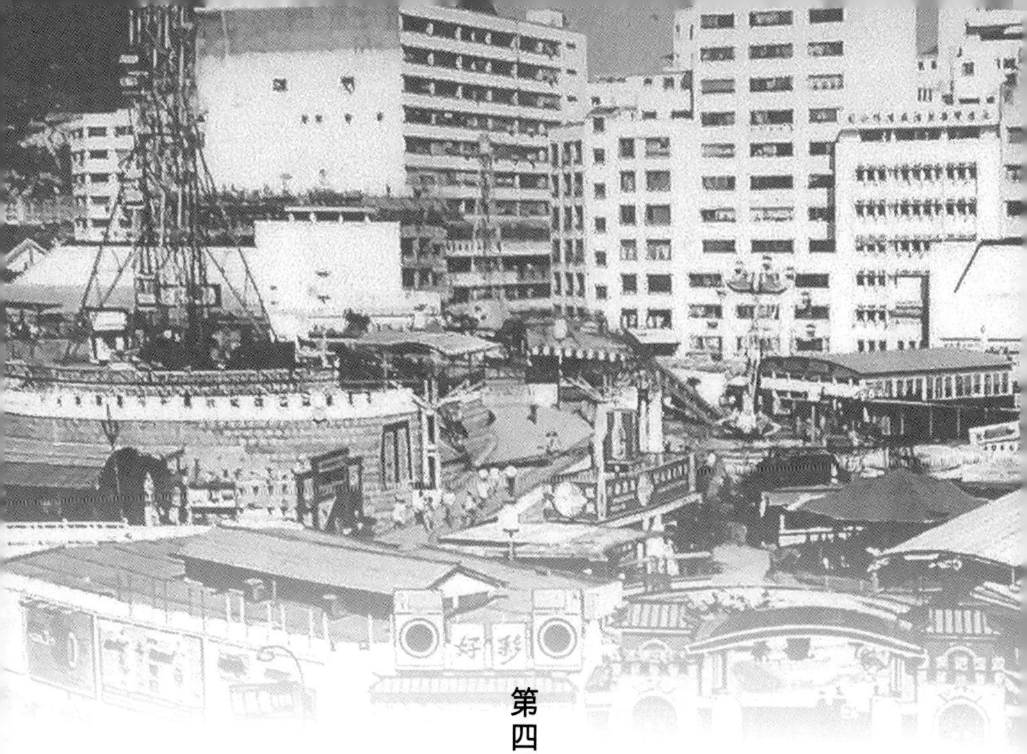

第四章

守時

彥晴第一次進入乘客的卧鋪，一人包廂內部全由紅木打造，有獨立浴廁和窩釘牛皮梳化。床品、洗浴用品均是著名豪華品牌。

乘客透過玻璃窗，心滿意足地注視着窗外的繁忙景象。「劉先生。」喬治領着彥晴走進去。對方轉身：「噢，是喬治。來來來，過來這邊坐。不是說，你叫我小劉就可以。」他站起來，讓出了梳化。

彥晴感覺自己像是打擾了人家，有點不好意思。然而，喬治陪笑：「怎能叫你小劉？」「對對對，你現在看上去比我年輕，要叫我老劉。」老人家說話幽默，令彥晴內心的局促感，一掃而空。

喬治招呼着彥晴在梳化坐下來：「小劉，他是我們的新任總經理。」彥晴生硬地點點頭；他顯然尚未習慣這個稱謂。劉先生臉上堆滿紅潤的笑容，和前一晚看見的蒼白臉色截然不同。彥晴不得不佩服火車站理容店技師的手藝。

「喬治，想起來上次在難民營見你，彷彿只是昨天的事。」劉先生打開手上的懷錶，又合上了。彥晴看一眼喬治，他很難想像，一個倨喀兵的故事是怎樣的呢？

劉先生的目光停駐在窗外的景象，玻璃窗外有大會堂。大會堂門外，飛揚着一面彥晴從未見過的旗幟。在旗幟之下，有很多穿着制服的香港警察，短褲長襪。

「當年皇家香港警務處，負責英女皇伊利沙伯二世與皇夫菲臘親王到訪的保安。駐港英軍亦和英國國防部及軍情機關緊密聯繫，以免有人對女皇伉儷不利。」喬治指着排列整齊的部隊。

「當年？」彥晴湊近玻璃窗，定睛觀看移動的畫面。細看之下，警員的徽章並非香港區徽而是皇冠頭。「這是紀錄片？」他忘形伸手，卻發現手指穿透了玻璃窗。他嚇一跳，猛地抽回右手。

喬治解釋：「這是鏡花水月。每個人的人生，都由無數片段交織而成。靈魂離開肉身後，之所以不直接去忘泉飲孟婆茶再度輪迴，是要經歷這一段火車旅程，重溫人世種種，看看有甚麼課題，需要在下一趟人生修習。」

彥晴是第一次聽這種說法。在不同宗教，都有業報與輪迴的觀念。無神論的他，本來是不相信鬼神之說。但事到如今，他實在無法解釋親眼所見。

喬治見他面上寫滿迷茫的符號，微笑地說：「這樣吧，你把人生看成是哈里波特的魔法學院。每個靈魂都會來到這裏學習，把人生當成學校或修煉場。然而，我們人類一出生就忘記自己是誰，自己曾經設定的人生計劃。如此，我們才能更好地覺察和認識生命。」

劉先生掏出一顆黃晶石，接上說：「這是上車前，我獲贈予的人生寶石。從列車開動的一刻，我就想起這一切。與神有約，人生不是一件意外或偶然。這段人生是我在上一世做出的選擇，帶着學習目的來到人世，沒有人強迫我。只要握住這顆寶石，回顧過往，所有事情在我眼前重演，不只是觀看，當我想親自參與鏡花水月裏的某段影像，我隨時可以穿過玻璃窗。我會進入不同的角色裏，去體驗他人的痛苦與喜悅。如果我當時的惡行造成別人的痛苦，我亦能感同身受。如果曾經有任何誤會，我會知道真相。」

彥晴這時忽然明白過來：劉先生臉色紅潤，和前一晚剛死時的蒼白截然不同，並非理容店技師的手藝精湛，而是覺醒靈魂的頓悟。

「劉先生，我可否陪你看一會兒？」彥晴生於一九九七年，耳邊常聽到的殖民地故事，對他來說，有一種不痛不癢的陌生。然而，眼前這兩位先生，卻引起了他的興趣。

劉先生微笑，皺起歷經陽光磨煉而深刻在眼角的黑黝粗線紋：「當然可以。我一生光明磊落，沒甚麼不見得人。」

劉先生告訴彥晴，他一生只做了一份正式職業——報館攝影師。一九七五年，他剛入行。「時為五月，我還記得，當時開始入夏，我在荷塘影花，旁邊有吵吵鬧鬧的青蛙。我在之前幾年，又派報紙又做後生，辛辛苦苦儲了三年錢，才買到人生第一部相機。然後，申請調職做攝影師。」

劉先生帶他穿過玻璃窗，來到大會堂。「明天，是伊利沙伯二世與皇夫菲臘親王首次到香港訪問，是英國在位君主第一次到香港訪問。」劉先生指着正在綵排的樂隊。

整條街道擠滿了來看熱鬧的市民，穿着汗衫的男人，搖着紙扇的婦女，騎在父親膊頭上的孩童，頂着竹籃的老婆婆。熙來攘往的人們，迎面向兩人衝上來。彥晴本能地想避開，但說時遲那時快已和一個匆匆忙忙的年輕人撞個正着。「對不起……」話未說完，他已經被對方「穿過」了；彥晴怔怔看着劉先生。

他擺着手笑說：「在這裏，我們都是隱形。」彥晴摸摸自己的胸膛，難以置信。劉先生拉着他：「去，一起跟着他。」「他是誰？」彥晴邊走邊問。

「他就是四十五年前的我！」劉先生帶他一直跑，來到大會堂前的廣場。然而，他們來遲了，曲終人散。劉先生看向前方，年輕的劉先生正在拍攝被救護員用擔架運送離場的一個男人。

「當年的我綽號遲到大王，常常因為遲到，耽誤了採訪，年屆三十歲仍然一事無成，日曬雨淋跟着小記者跑街訪。這天，行家都拍攝到綵排日不少精彩照片，刊登晚報。而我，卻因為遲到，食『白果』。」原本打定輸數，面臨被解僱的他，卻誤打誤撞，遇上了在後門被送上救護車的一名駐港英軍。

年輕的劉先生不理救護員阻撓，拚命追着擔架，又跑又跳高舉相機把握每一秒拍攝。直到救護車離開，他才筋疲力竭，跪倒地上大口大口喘氣。

彥晴身旁的劉先生說：「當晚，就只有我的報館，圖文並茂報道：英女皇訪問香港綵排日，有一名駐港英軍不支暈倒。」

彥晴豎起拇指：「厲害！是獨家！」劉先生苦笑：「那年頭刊登這些花邊新聞是離經叛道！我連一張正經綵排相片都交不出來，老總有良心，沒即時『炒』我。」

他帶彥晴去街角的報紙檔，該名暈倒的駐港英軍相片被刊登出來。彥晴定睛看了一看，問劉先生：「有點面熟……」劉先生哈哈大笑：「你認出來嗎？對，是喬治。這一次之後，他被投閒置散。幾年後，政府為處理越南船民問題，於白石興建白石難民營，他被調派到白石駐守。」

彥晴一愕，想不到會看見喬治。然而，在火車上的喬治並不年老。如此說來，他是甚麼時候死去？為甚麼留在火車上？彥晴一邊想，一邊跟着年輕的劉先生來到報社。

當時報社房子不大，樓下是印刷機，樓上是編輯部、總務、辦公室，劉先生一人看守這房子，夜間睡覺只好睡帆布床，年輕的劉先生一整晚都不敢熟睡。翌日，英女皇於下午乘皇家專機抵港，到達尖沙咀公眾碼頭後登上港督私人遊艇慕蓮夫人號渡過維多利亞港，在皇后碼頭上岸，添馬艦軍營鳴炮歡迎，皇家空軍的直升機亦在上空盤旋列隊致敬，消防船則灑水夾道歡迎。登岸後，官方舉行簡單而隆重的歡迎儀式，其時萬人空巷，好不熱鬧。這一天，劉先生跟着幾位前輩，東奔西跑，分頭拍攝。

老總不放心年輕的劉先生，派他在接下來的一整天，待在當時剛入伙的愛民邨。

彥晴和劉先生跟着他，他在烈日當空下乾等。其時通訊不發達，沒有手提電話沒有網絡，靠收音機發佈的最新消息，或行家將所謂「內幕消息」以對講機短距離口耳相傳。港督麥理浩爵士陪同女皇與皇夫參加各項儀式，包括欣賞煙花表演、花車遊行及進入跑馬地馬場觀賞賽馬，並為女皇盃賽事頒獎。等了大半天才知道英女皇不是這天到訪愛民邨的年輕人，一臉死灰心生懊悔，發誓以後有生之年，必定守時。

劉先生跟身旁的彥晴說：「從那天開始，到吞下人生的最後一口氣，我再未曾遲到。」彥晴眼中流露出敬佩的眼光。他自問，在過去的二十年，從未有過這樣的決志。即使是面試時屢見屢敗，亦未有甚麼醒悟。

直到英女皇伉儷訪問愛民邨當天，傳媒才知道參觀的是康民樓六樓其中一戶。彥晴細心看看這幢四十年前的第一代公屋，有大廈天井，呈方形。居民在此，踏出家門時可望到其他同層住戶，有點裏應外合的感覺。高達廿四樓的天井，只有高層位置才能受到陽光照射，這幾層因而出現了一排排居民外掛的衣物，成為整個天井中最亮眼的部份。

劉先生這次沒有遲到，他在等待時，訪問這裏的住戶。有一位年輕女生告訴他，從前住的是板間房，實用面積僅百餘呎，要與另外四伙合計十幾人共用廚房、廁所。現在終於等到「上公屋」，入住三百多呎的單位，不用再爭廁所。

彥晴聽着聽着，似曾相識，想起了自己的居所——百餘尺板間房……

歷史，是一個循環，天下無新事。

彥晴遠遠觀察劉先生，他找出有利位置，拍攝女皇出入大廈。當時，她只與市民隔一條繩，期間有人伸出手，輕撫女皇面頰。劉先生這次把握了最佳角度，拍攝了歷史一刻。

「那一年，老總送了我這隻懷錶。」劉先生笑瞇着眼睛，握緊懷錶。難怪，劉先生的懷錶絕不離手。它代表的，是一種態度，一份覺悟。

彥晴立於天井下的中央點仰頭，許許多多平行線造成獨特視覺效果。天井帶來的視覺效果，讓人聯想起小時候的美術課。老師教彥晴畫透視圖，兩條平行線在透視下，將是兩條慢慢靠近的直線。即使在廣闊的白畫紙上，兩條線的起點各異，天南地北，假若兩線平行，必會愈走愈近，終在一點上消失。

回到車上，彥晴發現劉先生的臉上添了一重悵惘。彥晴輕聲問喬治：「乘客百感交集，難免是一種心理衝擊，是否需要輔導？」

喬治拍拍他的肩膀：「一級榮譽生果然是比其他人聰明！總經理你說得沒錯，靈魂很多時候需要輔導。因此，他們需要指導靈，幫助自己透過生命中接踵而來的難題，分析不敢面對的課題，如何導致了更嚴重的危機。然後，帶着學習目的再到下一世。放心，他們到了總站時，自會和指導靈相會。」

喬治拉着劉先生，忙不迭敍舊，大約過了五分鐘，彥晴決定，自己出去呼吸一下新鮮空氣。他一個人來到酒吧的車廂，酒吧以藍色為設計主題。深藍色絲絨綴以霓虹燈和多種金屬飾面，加上天花一幅以仰視角度呈現的蝴蝶照片，既有延伸天花高度的視覺作用，亦貫徹整列火車的奢華設計概念。前吧上方有吊杯架，吧檯內有很多小東西，高腳杯架、咖啡杯架、吧檯爐都是省空間又可製造美感的小東西。後吧上方有層板櫃，供放置各式酒類和茶包。層架與層架間還有隱藏燈，才不致於讓後吧檯面變得太暗。

四面不靠壁的環形吧檯，用高檯面當桌面，用的椅子亦是高腳椅。在兩側一排大窗前，是藍色絲絨卡座。環顧四周，這裏沒有其他客人。只有若雪，端着酒杯，倚在吧檯旁，一邊淺酌一邊看着窗。

宇軒看是彥晴，殷切地問：「要飲甚麼？」彥晴回答：「咖啡。」宇軒習慣在咖啡機的右邊放磨豆機，磨豆機的前方嵌入渣盆，渣盆可以活動，方便清理。磨豆機的旁邊有個小水槽，這個水槽只是讓他洗手洗小東西，不是洗杯子的地方。小水槽邊還有一根鵝頸龍頭供應飲用水，方便他裝替客人加水。吧檯上虹吸式咖啡壺，直接放在高吧上煮給客人看，也有幾分是為了讓宇軒大展煮咖啡技巧的身手。

即使嗅着咖啡香，彥晴仍然有點睏。對，若雪告訴過他，這裏的陽光，只是幻象。他現在對時間觀念，變得模糊。酒吧內，和一個不知是何方神聖的女生，以及不見多年的凍齡同學靈魂，氣氛實在局促。

彥晴看着宇軒熟練的沖調飲品手藝，隨意問：「宇軒你很擅長烹調？」宇軒欣喜地點頭：「是，我的夢想是開一間有酒吧有咖啡座的西餐廳。」若雪微笑：「這裏最適合你。」宇軒恭敬地向若雪行禮：「所以，真的非常感激車長你收留我。」

「我受夠了林師傅的乾炒牛河和喬治的瑞士雞翼。我需要一個新廚師，煮新菜式。」若雪一臉冰霜瞪着宇軒：「別忘記，你答應過我，要給我的胃口，天天帶來新意。」

彥晴拉了宇軒一把，壓低聲調：「你覺不覺得這老闆太折磨人？」宇軒回答：「她是有點挑剔。但，我喜歡這裏，在餐卡看乘客百態，就像人生百態。彷佛，我仍然活着……」他眼中不經意流露出一閃而過的哀怨。宇軒年紀輕輕，就在交通意外中失去性命。他曾經絕望，可惜即使絕望，亦沒有不能再死一次。絕望的相反，不是希望，因為希望太燦亮，有點造作。絕望之後，只是多了空間，記憶頓成荒蕪，孤獨逐漸被刪除，這樣，就會沉淪在黑暗。

宇軒臉上很快又堆起笑容，拉三雜四地說：「每個客人只是短暫停留，有的人停留的日子比較長。在這裏工作日子久了，我就能讀懂客人臉上的情緒。他們不開心的原因有兩個，一是感情一是家庭。我總是說點正面的話，我不知道有沒有用，只是幫得就幫。」有時，會有些因為看完鏡花水月裏的某段影像，悶悶不樂的乘客，來借酒消愁。

「他們坐下來就叫囂，又要唱歌又要騷擾其他客人。打破玻璃杯，又和其他人推撞起來，我會馬上叫林師傅過來。」宇軒挺起胸膛：「顧客不是永遠對的。有人前來生事，我有責任保護其他客人。」

「你想開西餐廳，可以投胎，來生再做廚師。」彥晴記得，劉先生說人類可以依照想學習的課題來規劃自己的來生。

若雪挪動一下食指尖：「人生的軌道，並非如火車一樣簡單。如果他投胎下世，便要透過生命中接踵而來的難題，重新學習。如果他不敢面對、不願面對，甚至逃避，便會導致更嚴重的危機。」

宇軒點頭，眼神中有種怯懦的空洞：「車禍後來到這裏的我，沒有絲毫信心，也未能確定，來生應該在哪個方面下功夫，要挑戰甚麼樣的課題。當時，只能哀求車長讓我留在車上。」

「與神有約，靈魂來到這裏不是偶然，是為了探索愛以及與神連結，而來到這裏的。」若雪看着玻璃杯裏溶解的冰塊：「他們每一個人，一直是這樣說。」

「每一個人？你看來不相信是這樣。」彥晴感到奇怪：做了一百八十年車長，見盡亡魂，居然如此固執。「還是，你不願意相信？」

若雪抬起眼睛：「上天要我相信，我偏不信。我不需要來生，寧可在太虛中一個點……消失。」彥晴的腦海裏，浮現了公共屋邨天井的點與線。周邊平行線四面埋伏，它們都一同指向同一個消失點。縱使這個消失點實質上是看不見的，難以估計它在多遠，但那裏的確有一個消失點。回顧生命，其實是扭曲了我們的視點，扭曲了我們對事物的價值，扭曲了這裏的一切。當刻或許會發現，站在這前往消失點的路途上，覺醒才是違和感的來源。

第五章 勤快

彥晴回到車廂，看見一大堆未處理的財務文書，眼皮很重。沒有信號的手機，停了的手錶，晨昏顛倒，日月都是幻象，時間觀念消失，彥晴的身體額外疲倦。

他爬上工作間旁邊的單人床，柔軟的鵝絨被鋪，令他感到前所未有的舒適。貧窮的確會限制一個人的想像，和長年睡在劏房中的又霉又舊的硬床墊相比，這種柔軟帶來的奢華感，已經是超越他的認知。

想睡便睡。

前方有數十輛車，車是那種大軲轆車，一車可載重五百斤，由幾頭牛拉着車。一個車夫趕十幾輛牛車。時近夜深，雜役搭起臨時帳篷，車夫將牛車列成兩行，成橢圓形，方便營衛。他們都習慣了傍晚時分啟程，半夜停在有水有草的地方露宿。在營外，有人輪番巡邏，還有護犬，異常驍猛。

一位少女上身是如意開襟、中長袖口鑲花邊和滾牙子的布衣，下身穿着低開衩粗麻褲，沒有睡覺，卻在練習繩鏢。她一隻手握着竹管，另一隻手甩着繩子，操縱繩鏢，拋向深鬱的樹木。她的父親緩緩走到她的身邊：「繩鏢，算是我們的獨門，很適合女人。但使用這類兵器時，有一定的難度。畢竟，它容易令自己受傷。而我的寶貝女兒，偏偏手到拿來，百發百中。」

她低頭用手指描畫着特殊形制的飛鏢圖案，這是家族世代專門的鏢，綁上繩索，而另一頭，則是連接一根竹管。她充滿信心說：「兄長們都被殺，我一定要肩負繼承家業的重任，要我對抗多少人，也沒有問題。」

如果並非生逢亂世，她一定嫁入豪族，不用舞刀弄劍，行走江湖。少女抬起晶亮的眼睛，月光映照在她如雪一般皓白的臉蛋，美麗不可方物，毫無瑕疵。

閃念之間，背景改變了。她如皓月一樣的臉蛋，被一個隱藏在樹林陰影下的年輕男人捧在掌心。男人輕輕吻在她臉頰，然後把嘴唇向下移走，直至接上了少女震動的柔唇。溫軟的感覺，瞬間傳送到他的內心深處……

彥晴猛然驚醒，他前額冒出豆大的汗珠，滑過腮幫。

少女唇上的溫柔，充滿水潤的感覺，太真實，彷彿親身經歷。這令他想起大學時的初戀，然而，這個女生當然不是他的前任。從自己父母離世開始，他每隔數個月，都會做這個相同的夢。他一直覺得，只是一場虛幻綺夢。

這位女人眼中閃現如冰一般的固執，她的眉目五觀精緻得令他無法忘記。難怪當他在幾小時前第一眼看見她，立即有一種異常熟悉的感覺。

這位夢中的女人，不是別人，正是若雪。這只是一個夢吧？驕傲又固執的車長，和生逢亂世的女人，沒可能是同一個人。彥晴皺一下眉：在夢中，他感同身受，但卻只看見那雙捧着她臉蛋的手……他不肯定自己是否這個男人。

這幫人是強盜？抑或是叛軍？長相和若雪一樣的女人，為甚麼要習武？繩鏢，大軲轆車，護犬。

他想起看過一套電影，裏面的場景，和這些有幾分相像，但他忘記那專有名詞。彈指間，他用電腦在網上尋找相關資料：古代物流。

映入眼簾，是兩個字：運鏢。身體裏升起一陣勝利的喜悅，他興奮地握一下拳頭。

運鏢，即是運貨。由於交通非常不便，貨物安全都得不到保障，所以保鏢行業應運而生，鏢局亦隨之成立。每一個鏢局都有自己的鏢旗、鏢號。不過，古代鏢局運的鏢，只是貴重物品，如福建茶葉、蘇杭綢緞、江西瓷器、四川藥材、東北人參貂皮，西北膏藥水煙，蒙古牛馬皮毛，俄國呢絨毛紡。不像現代物流，運送薯片廁紙洗衣粉等等普通物品。

晚清時期，就連客旅人身安全，也是請鏢局派人保護的。水陸兩路，會有專門鏢局護送，少數鏢局會水陸兩路通吃，而且，黑白兩道都要打交道。他們還要懂得江湖術語，方便和前來劫鏢的人交涉。鏢局講的是人面廣、關係好，有錢有勢，打出旗號旁人不敢招惹。出了事擺得平官府，鏢被劫賠得起銀両。鏢局主人固然是大人物，但大掌櫃亦是眼明心細，就像現代精算師：看貨不走眼，估價不離譜，開銷不浪費。至於總鏢頭，更是赫赫有名的江湖人物。因此，不是有車隊就能運鏢，還要好武功。其中一種常見武器，正是彥晴夢見的繩鏢。

彥晴放眼看向辦公桌上的文件，想起若雪曾經漫不經心吐出一句兑條匯票之類。莫非，她真是……不會吧。他重重晃一晃頭顱：夢境就是夢境。

他抖擻精神，花上很多時間，把亂七八糟的賬目和信件都一一整頓好。如今，他大概掌握到火車營運的開銷和收入。其實，只要叫紅榴分出客人佣金，若雪的財務狀況馬上就能轉虧為盈。

他雄心壯志，打算利用企劃案，向若雪説明，馬上便可以返回人間。他打開房門，剛好碰上前來敲門的若雪。兩人四目交投，彥晴的腦海中盡是剛才夢境中的若雪，她唇上的溫柔，她如水的眼睛……彥晴看着若雪，漲紅了臉。

若雪見他一臉怔忡，在他面前揮手：「大掌櫃，完成了？」她瞥眼案頭上排列整齊的文件。彥晴愣了一下：「甚麼大掌櫃？」若雪還是一副冷淡：「從前我們叫大掌櫃，現在叫總經理。」

「你……會否懂得繩鏢？」彥晴問。若雪一臉不在乎：「你問這幹嗎？想我教你？別騷擾我，你找林師傅吧，他甚麼兵器都懂。」

彥晴耍耍雙手，回過神來：「我寫了新企劃案，幫公司轉虧為盈。」若雪點頭，坐在梳化上：「好，快説。」

就在這時，宇軒氣急敗壞，跑來找彥晴。

若雪氣定神閒問：「看你慌失失的樣子，是否發生了甚麼事？」宇軒回答：「車長，總經理，可否批准我去客人的房間看『鏡花水月』？」

彥晴狐惑地看向若雪，若雪點點頭：「車上只有我和總經理，可以有這個看『鏡花水月』權限，或批准員工去向客人作出這請求。」想來，之前在劉先生的房間，的確只有他觀看，喬治並不在場。

彥晴不禁問：「誰定這權限？」若雪聳肩：「還有誰？當然是我這位車長訂定。」彥晴失笑：「很好，最少這不又是神的規條。」

若雪沒好氣：「如果每個員工都有這樣的特權，一天到晚去騷擾客人，誰來做列車上的工作？果然，你這個所謂一級榮譽的高材生，只懂精算，完全沒有管理頭腦。」

彥晴有點不服氣，但他不習慣跟女人吵嘴。他在心裏重複又重複唸：只要讓我回到人間，我才不容忍你這個驕傲女人，拿了這幾天薪水便立即辭職。與靈魂打交道，我一點興趣也沒有。

若雪見他居然沉住氣，忽然覺得，留這個人在身邊倒是有好處：彥晴的情商指數比自己高很多，不會動輒發脾氣，有一種從未見過的恬靜。曾經腥風血雨的她，面對這種安靜，感覺新奇：不像過去吵吵嚷嚷，又擺脱了百年孤寂。

「宇軒，你想找哪位客人？我跟你過去。」彥晴此刻只想離開這位驕傲的女人。宇軒欣喜地拉着他的手臂，就像拉着學長的手。彥晴內心一陣悲慟：他們本是同年，如今的宇軒卻停留在高中畢業少年時。

「我看見了我父親，不，是一個和我父親長相一樣的人。不過，聽説他是唐餅師傅，我父親卻是最討厭廚房。所以，他才不讓我學廚……」宇軒碎碎唸唸。

彥晴愣住：長相一樣的人？世間難道真有這麼多相同樣貌的人？他的腦海，閃現自己和貌似若雪的女人，一幕樹林陰影下的親吻。

宇軒帶他來到乘客的卧室，他本能地躲在彥晴身後。彥晴挺胸，拉直西裝，優雅地敲了兩下，發出清脆的叩門聲。

房間內沒有反應。

彥晴再敲了兩下：「童先生？」房間內仍然沒有反應。

這時，一位白臉嬤嬤推着被服車經過。

「總經理。」她禮貌地欠身。「你是否找住客？」沒有五觀的她，生硬地問。彥晴聯想起人工智能機械人，同樣是冷冰冰的對話，不能察言觀色。

彥晴説是。白臉嬷嬷歪頭：「我記得，在水療美容中心見過他。」

彥晴臉上露出一絲詫異：「他一個大男人去做水療，真懂享受。」印象中，做唐餅的人，經年累月在熱灶前工作，身水身汗，和水療美容風馬牛不相及。

彥晴問宇軒：「其實，你明知他不是你父親，為甚麼想見他？」宇軒抿嘴：「好奇。換了是你，你……不會嗎？」

彥晴驚覺，很久沒有聽見「好奇」這兩個字。城市裏刻板脈搏，也許早就把人的好奇心磨平。

「一個和自己父親長相一模一樣的人，到底是甚麼一回事？」宇軒臉上流露出不好意思。「也許我孩子氣，才會覺得好奇。」

彥晴連如何回應他的方式也想不出來。笑他天真？還是自認冷感？人在日漸成長之後，失去好奇心，是應該的嗎？他不懂得回答。

撫心自問，自己亦會好奇。他想起夢境中的女子。他想知道，她到底是不是若雪。

來到佔地超過五千平方呎的水療中心，彥晴甫踏入門口能嗅到空氣中滿溢花香，難以想像這裏是在行駛的列車上。裝潢採用和諧愜意的色調及溫和燈光，設計豪華，偌大的玻璃天花頂能一覽星夜美麗景觀。這裏備有先進水療設備和時尚裝潢，客人可於奢華寬敞的大廳，盡情享受一系列特色療程、按摩服務、面部護理等等。

童先生稍微有點禿的頭，圓圓前額，微笑的嘴露出一排雪白的牙，外表和藹，坐在近門口的梳化，正拿着療程介紹，和另一位背向門口的女客人聊天：「這裏寫：百分百純草本全天然療程，從椰油到蓮花，再到玫瑰鹽。」

彥晴向童先生問好，對方抬頭，跟宇軒打了一個照面。宇軒立時像被雷擊了一下，怔怔瞪着童先生。童先生先是有點錯愕，然後很快便平靜地問：「原來是車上的員工，你們找我有事嗎？」他明顯地不認得眼前的宇軒。女客人這時緩緩轉身，瘦小傴僂的肩背，爬滿臉龐的皺紋和一頭白髮，她的年齡最少比她身邊的男人大十多年。

「她一個女人眠乾睡濕把我養大，上天安排我和她同日在碼頭墮海身亡，一定是怕家母太孤獨，現在要我陪她上路。」童先生目送母親走進前面的私人理療房。

彥晴心裏不禁讚嘆：好一個孝子。他問道：「恕我們冒昧，可否讓我們參與你們的『鏡花水月』？」童先生想了一想：「在我來說，是沒有問題。但家母是女人，她會在私人房內的芙蓉浴池回顧一生。」

宇軒連忙說：「我只是想陪你看。」童先生張開雙手：「沒問題，我一生勤快，不作虧心事，沒有甚麼不能讓你看見。」

彥晴問：「童先生是做唐餅的？」童先生點點頭：「我在寮屋長大，老老實實工作，沒甚麼產業，只留了一間餅家給兒孫，叫童趣餅家。」

彥晴馬上記起，童趣餅家是本市碩果僅存的傳統廣東唐餅家。父母小時候常常帶他去買唐餅，老店前舖後工場，綠白色的階磚地板、手寫的價錢牌、牛角扇、大燈泡，還有一個個大筲箕放滿出爐唐餅：合桃酥、光酥餅、牛耳、雞仔餅，一個個又圓又大。

童先生從深藍色翻領運動長袖衫口袋裏，掏出一顆黛綠色玉石。彥晴隨口問：「是玉？」童先生苦笑：「有甚麼關係？玉不琢不成器，我只配得上一顆石頭。」

他躺在真皮半臥椅，指着玻璃天花頂：「從這裏看，鏡花水月。」宇軒抬頭，焦急地想知道，有關這個人的過去。他們三個人，來到一個白茫茫的世界。

廚房工具罩着一層白霜，還有堆得像山一般高的麵粉和糖。唐餅師傅各據一方，每個人手上身上沾滿粉白，像要登場的粉墨老倌。童師傅剪開麵粉袋子，把麵粉哇啦哇啦倒在木案上，兩手左右一撥，在中央開出一個巨大空塘。然後注水、下糖、打雞蛋和放泡粉。其餘幾位師傅，一字排開揉起麵粉，麵粉轉眼化成麵糰，麵糰又被搓成小糰，源源不絕送入焗爐。

「人們叫這光酥餅，正名是西樵大餅，廣東西樵山特產。」童老先生在彥晴和宇軒身邊說。「相傳是明朝有位大臣發明，一天他為了趕上早朝，隨便用麵粉雞蛋白糖搓成麵糰快速烘了一個大餅，抵得肚餓。後來告老還鄉，他將做餅方法帶回西樵山，結果成為廣東名食，流傳至今有三百多年。」童老先生繼續說：「好的西樵大餅，要鬆軟得來不太乾燥，否則難啃下嚥。又不要太甜，太甜就膩口，不好吃。母親喜歡吃我做的西樵大餅，所以我不用豬油，老人家吃來亦健康。」童老先生說起唐餅，一改剛才的沉靜，變得口若懸河。

前店擠滿顧客，翹首以待；後店廚房裏烤烘，熱火朝天。準備出爐應市，童師傅走出店面，他的太太一邊抹餅盤一邊說：「是時候送她到老人院長住了，她上個月跌斷腳做完手術，醫院打了很多遍電話給我們，要把她接回來。」童師傅應了一句：「知道了。」

童太太繼續說：「你知道甚麼？我們兩口子在餅鋪，日出而作日入而息，年終無休。孩子小的時候，奶奶在家煮飯做家務帶孩子，現在她一個人在家，卻不准我們聘請外傭照顧，出院之後如何是好？」

童先生說：「你在家照顧她吧，兒子都大了，出來餅鋪幫手，你不用操心。」童太太有點激動：「我就是不想待在家！」童師傅聽不明白：「為甚麼？」她沒好氣：「你是老實人，老實人就是蠢。」童師傅沒耐性：「你到底在說甚麼？」

童太太重重嘆一口氣：「嫁你半世，我辛勞半世，在餅舖是做慣了，任勞任怨。如果要休息，就該跟你兩口子環遊世界。我才不要現在來學做好媳婦，下半世勞心勞力。」

童先生愣愣的看着童太太。

彥晴身邊的童老先生，臉上爬滿懊悔的皺紋：「我不該在那時候，作出一個如此的決定。」

第六章 樂觀

彥晴眼前一陣迷濛，分不清是煙是霧。接着，在他、宇軒和童老先生眼前，出現一排排雜七亂八的鐵皮屋。

烈日當空，童先生指一指在「街喉」前的小孩們。他大概八歲，跟其他小孩排着隊，大夥兒都是穿着單薄衣物，在強勁北風中瑟縮。彥晴問：「他們不冷？」童老先生一笑，搖頭：「不怕冷，只覺得好玩。每五百名居民分配一個街喉，是唯一供應區內的設施。對於政府來說，寮屋是私人佔用公家土地的違法建築，因此不為寮屋區提供任何公共設施。這裏，是我小時候居住的寮屋區。那小孩，就是我。」

日間，成年人要外出打工，小孩往往成為排隊取水及挑水的主要勞動力。「街喉」離他們的家有一段路程，孩子排隊取水之後，都要吃力地挑水回家。彥晴看着這班赤腳小孩又瘦又弱，擔挑起兩桶水的背影，水桶一搖一擺，地面上的小水滴在細小腳印後步步相隨，還居然夾雜着此起彼落天真爛漫的嬉笑聲。

彥晴放眼這些寮屋在山腳斜坡，都是單層小平房，以木材和鋅鐵皮建成，面積有限。有些居民會在屋外的小空地圍起鐵網，有些則在屋內搭建小閣樓，種菜養雞。雖然簡陋，但活動空間不少。

童老先生和他們，跟隨小孩前行。這裏有各式各樣店鋪，供應糧油雜貨等民生所需，甚至理髮店、五金店、小型電器店等，儼然小型社區。來到寮屋內，陋室家徒四壁，電力、生火煮食甚至如廁空間都很缺乏。在地上，大包小包零碎膠花布料。童老先生指着剛剛放好水桶，便一屁股坐在地上打開塑膠袋的小孩：「當時，我母親在膠花廠打工，一天到晚不在家。為補生計，放工後她還在家裏兼職。我也懂得幫忙，例如剪剪線頭、穿穿膠花。」彥晴心想：這些細活，一定是寮屋區內最常有的風景。

童老先生說：「大家同樣生活艱難，總是同聲同氣，守望相助。母親不在家，隔壁的老人和婦女，會幫忙看顧我。」宇軒把憋在心裏很久的問題說出口：「你父親呢？」童老先生搖頭：「我不知道，母親從來不提起。我問，她也不回答。」在這個艱苦的年代，在寮屋區的留守兒童，日間往往沒有大人管教，都是天生天養的長大。在物資匱乏的年代，家家門戶大開，互相往來，間

話家常。一家有難，人人出力。同樣是貧窮，彥晴想起自己所住的「劏房」，卻是重門深鎖。

天色開始轉暗，有人拍門。小孩開門，迎來一陣熱熱鬧鬧的歌唱聲。幾位穿着紅色大衣的年輕人，手裏拿着樂譜，唱着悅耳的英文聖誕歌。童老先生一臉訝異：「今晚是平安夜？」他馬上看看掛在牆上的鐵皮日曆：一九五三年十二月二十四日。

來者報完佳音，其中一位女生俯身問小孩：「想要甚麼聖誕禮物？糖果好不好？」小孩看着臉上暖烘烘得發紅的她，指着她的頸項：「你這紅色圍巾是不是很暖？」其他人愣住，堆滿笑容問小孩：「糖果不好嗎？今晚很冷，姐姐會冷病。」女生看了小孩一眼，又低頭看着自己簇新的頸巾，一臉捨不得的樣子。她身後的另一位女生，伸手把她的圍巾解下：「給他吧，反正你父親每次從英國回來都買給你，家裏一定有幾十條。」這位女生說完，還親手把它圍在小孩頸上，深深地看着他的眼睛說：「你好好戴着它，好好長大。」

「他當然不會知道，這是他在這一間鐵皮屋的最後一個晚上。」童老先生向着宇軒和彥晴說。

時近九時半，屋外人聲鼎沸。小孩以為母親回家，他一邊叫着媽媽一邊打開門，登時呆了。不遠處有一間木屋二樓火光熊熊，映照在他的眼瞳，他慌張得把門關上。強烈的北風令火勢迅速四處蔓延，不足十分鐘，大火已波及數百戶。

火勢一發不可收拾，小孩害怕地緊緊握着又軟又暖的紅圍巾，一邊哭一邊說：「媽媽快放工回來好不好？我很害怕。我……我要送這聖誕禮物給你。」濃煙從門縫窗隙間滲透進來，他的聲音漸漸微弱。

宇軒和彥晴看向童老先生，內心焦急萬分。

眼見火舌即將捲來，這時，大門被打開，一個女人披着濕透了重甸甸的棉胎，用盡九牛二虎之力跨進門檻：「我兒！我兒！」小孩瞇着眼在朦朧間掙扎舉起手。

「這年的平安夜，有一名住戶在燃點火水燈時，火種不慎燒着棉胎，強烈北風令火勢迅速蔓延，大火歷時六小時才受控，燒毀萬間房屋，一片頹垣敗瓦，居民無家可歸。政府才決定推出徙置政策，興建公共房屋。」童老先生淚流滿面看着女人孭起奄奄一息的自己，衝出火場。「她曾不顧生死救我；而我，居然在兩天前，親手把她逼上絕路。」

宇軒和彥晴互相對望一眼。

出現在三個人的面前，是海邊碼頭，碼頭前的欄杆不是連着的，而是一段接一段，中間又隔開了一點。一位坐在輪椅上的老婦人。老婦人沒說一句話，只是安靜地看着漫無邊際的遠方。她身後的男人說：「我知道你不喜歡住老人院，但你需要療養，這裏有護理員，也可以做物理治療，不是比待在沒有人能照顧你的家裏更好？」

輪椅上的老婦人仍然不發一言。男人見她不反對，馬上勸說：「你要不要先進去看看？你的房間可以看見這片海，來，我帶你去。」

老婦人舉起手制止：「等一回才看，我，現在有點口渴，可否給我買一枝蒸餾水？」

男人點頭，殷切地說：「好，你等等我。」他覺得母親應該是回心轉意了，踏着中年人特有的倉促步伐，半跑向街口的便利店。

當他回來的時候，他找不着母親的輪椅。剛才她不是說在這裏等他嗎？他四處張望，只見有幾個人在欄杆前向海上圍觀。他定睛一看，見是他們把輪椅圍住了。心裏一慌，正想問大家有沒有看見他母親。

這時，他的目光停駐在輪椅上半掛着的紅圍巾上。這是……紅圍巾有點舊，但非常光潔，顯然是有人經年照料。它就和那年的平安夜，同一個模樣；和那年濃煙從門縫窗隙時，他死命握着要送她的聖誕禮物，同一個模樣。

他心裏一寒，俯身看向大海，一個大漣漪尚未消散，旁邊的途人在打電話：「我要報警，這裏是北角碼頭，有個老婦人跳海……」話未說完，噗通一聲，男人也縱身跳了下去。

童老先生憶起：「我潛進水裏，隱約看見母親的身體沉進了大海。大海很污濁，但我仍然看得很清楚。她就在下方，我潛多一點，再潛得深一點，就可以拉她的手。然而，一點再一點，我沒有氣，也沒有力氣，漸漸失去意識。」

眨眼間，他們回到列車上。宇軒搖頭：「難怪車站嬤嬤們投訴，你們來到車站時，身上都在滴水，她們拖地拖了大半小時。」

彥晴用手肘撞了一下宇軒，示意他別亂説話。童先生苦笑：「天命有時，從我出生那一刻，注定我們母子不分離。她含辛茹苦獨力養大我，我怎能不護送她最後一程？」

宇軒看着童老先生：「不瞞你説，你的長相跟我父親一模一樣，但我雙親尚在人間，成長環境和際遇等等，跟剛才我所見截然不同。看來，世上真的有同一樣貌的兩個人。」

童老先生聳聳肩，端詳手中的玉石：「世事如棋，有誰知道？」

「可是，只有轉世的人，才會與前生同一副樣貌。」若雪脆亮的聲線，在他們身後出現。

她穿着白色洋裝，清新純淨帶來優雅的視覺感，簡約利落的設計顛覆了彥晴對西裝的一貫認知。若雪身上的西裝採用帥氣的翻駁領，金屬色雙掛紐扣給人工整的享受，增加格調感，而且非常修身。配搭下身率性褲子，車線精緻，剪裁大氣，細節處又不失雅緻。

與前生同一副樣貌？彥晴腦海，浮現出自己在夢中見過的若雪。英姿凜凜的她，的確和當時押運鏢車的她，有着相似的氣質。

莫非，他夢中的若雪，真是前生的女鏢師？若真的如此，他為甚麼會夢見這些？難不成，她的前世，和自己有關？

彥晴愈想愈混亂，感覺既不真實又似曾相識。

這時，從芙蓉浴池私人房走出來的老婦人，聽見他們提及人有相似之事，定睛打量了宇軒一會，若有所思。

童先生問母親：「想去哪裏？」一臉容光煥發的婦人，把屬於她的粉晶石收好在懷中，微笑地說：「去吃晚餐吧，我剛才約了一個老朋友。」

在這列車上，可以約會朋友？彥晴和宇軒面面相覷，隱藏不了內心的訝異。若雪吩咐宇軒：「還在這裏慢吞吞？晚餐時間快到，是時候去廚房準備。」宇軒尷尬地笑一笑，馬上跑出去。

「你，跟我來。」若雪指着彥晴，兩人正要轉身離開，便聽到童先生說：

「小姐，請等等。」

若雪嘆口氣，雙手放在身後，慢慢踱步走到他面前。

童先生問：「真的是你？」

若雪臉上的神情淡薄，既不訝異亦不喜悅：「小事一樁，我沒想過在車上再遇你時，你仍會記得這件事。」

童先生把雙手拍在身體兩旁，深深地鞠躬：「謝謝你在平安夜送來的圍巾。它，在漫天火海中，給了我有如奇蹟的希望，所以，我才能生存下來。」

若雪咬一咬嘴唇：「那次是唯一在人間報佳音，我沒這種善心，只是剛好想去湊湊熱鬧。那幾個人，是在村口認識，見她是富家女，誤打誤撞，慷他人之慨而已。」

若雪不在乎地轉身離開，彥晴卻總覺得她的嘴角掀起了一下。然而，他卻又覺得，是自己看錯。因為打從第一眼看見她，裏裏外外，都不像一個好人；她怎會為此而開心？

若雪帶彥晴來到列車最尾端，她和他並肩看向退後的雲海，說：「他們應該未介紹這裏給你認識，這是開放式的景觀車廂，用餐之後，乘客可以閒適的在酒吧沙龍聊天小酌，或看着窗外的風景發呆，相當輕鬆悠閒。這裏是全列火車最危險的地方，千萬別掉下去。」

彥晴向下望，發現一條非常長的河流，就在凌空行駛的列車下方，即使騰雲駕霧，亦看出這條河的寬度十分驚人。

若雪臉上沒帶一絲感情，長長睫毛凝望翻滾的黃色河流：「這就是忘泉，河水終年不竭，卻又永遠不澈。只因，世人有不盡煩惱，憂思怨念如河水不滅，生生不息。而列車的終點站，是忘泉站，是一片沒有邊界的土地，綠草如茵。」

彥晴好奇地問：「在那地方有甚麼？」

若雪冷冷地說：「你想知道？你大可在忘泉站下車，不回人間。」彥晴嚇得感覺一絲涼意，從腳跟爬上了背樑。若雪噗嗤笑了一聲：「膽小如鼠。」

若雪仰望紅霞中初升的月光：「我亦未曾踏足忘泉站，只有真正的靈魂才能下車。靈魂會去哪裏呢？它們應該會遇見許多人，會被祖輩接引，會和許多在不同轉世中，扮演過自己父親、母親、配偶、子女、朋友和敵人等等的人見面，會共處一段時間。」

彥晴問她：「你不是靈魂嗎？為甚麼不下車？」

若雪冷笑：「我根本不想要這些，我大仇未報，為甚麼要下車？」

彥晴再問：「其他人呢？他們留在這裏都是因為心中尚有怨恨？」若雪搖頭：「我不知道，但肯定的是，他們每一個人，胸臆間都有一種化不開的執念。」

彥晴完全想像不到，稚氣率性的宇軒，開朗健談的喬治，和沉厚穩重的林師傅，會有甚麼不能放開？

彥晴想起在夢境中和若雪長相一樣的女子，她當時因為兄長們都被殺，曾說過要肩負繼承家業的重任，對抗多少人也沒有問題。他脫口一問：「為甚麼放不開憎恨？是不是在押鏢時發生了甚麼事？」

若雪平靜的蒼白面容上，乍現前所未有的潮紅，她的心情，一百八十年來，第一次被一位陌生人牽動。她難以壓制極為震驚的語氣：「你是從哪裏聽說？是紅榴告訴你？」

彥晴心中的訝異，並不比她少。他一直不太相信，夢境所見和她的身世有關。他問她，小只是出於一絲猜測，半點懷疑。然而，現在看她這表情——他的夢境，莫非真有其事？

彥晴問她：「說出來你別驚訝……我在夢中，見過你。」若雪皺眉：「我在做甚麼？」

他複述一次他夢見他們押運的情景，但說到叢林下的接吻，他卻迴避了。

若雪聽完他詳細描述，搖頭說：「一定是林師傅告訴你我的過去，你不要裝神弄鬼。」

彥晴凝視着她，想了一想，才說：「你還和一個男人接吻。」

若雪瞬間怔住。她的記憶，回到那一天。年輕男人吻在她臉頰，暖流瞬間傳送到她的內心深處。

若雪低頭：「沒可能。你是日有所思夜有所夢。」彥晴告訴她，從他父母離世開始，他每隔數個月，會做這個相同的夢。當時，他並未認識她。

若雪沉着臉。歷盡蒼涼，一百八十年前的初吻，已經從甜蜜變成懣憤。

「你到底是誰？難道，你的前世就是他？」若雪眼中閃出恐怖的白刃光芒，一手捏住彥晴的喉頭，指甲尖已深深陷入他頸上皮膚。

第七章 獨處

車廂門被拉開，喬治剛巧走出來。他看見彥晴在車長的手中氣若游絲，馬上說：「總經理，劉先生邀請你過去。」

若雪鬆手，彥晴嗆咳了幾聲，大口大口吸氣。她狠狠瞪他一眼，揮一下衣袖便轉身離開。

彥晴指着她背影，問喬治：「你看見嗎？她是瘋婦，女鬼索命，想殺死我！」

喬治大驚：「你輕聲點，車長喜怒無常，隨時取你性命。」

「我要走，現在就走，快帶我回去！」彥晴額角冒起青筋，死命拉着喬治的衣袖。喬治見他一副魂飛魄散模樣，連忙安慰他：「快了快了，列車明早到忘泉，送走這批客人，自然可以返回人間。」

喬治帶他回到餐廳，給他一杯暖水。這時，餐廳裏已經有很多客人。早餐和下午茶，乘客都在房內享用，由白臉嬤嬤負責準備並送進房內。只有晚餐，大家才集合到餐車。在列車餐車用餐，氣氛就像在高級餐廳吃飯。餐車裝潢典雅，牆壁上貼有拼花木皮，厚重顏色營造出歐洲殖民風格的沉穩氣氛，四處擺放的白色蘭花卻又讓人感受到東方風情。用餐時間，這小小餐車內連服務人員擠了幾十人，難得的是，侍應們在窄小的走道熟練優雅的錯身穿梭，一點也不會覺得空間狹小。

喬治正在替劉先生的酒杯注滿紅酒。「嗯？看看，是誰來了？」劉先生向在門口左顧右盼的女人打招呼。童先生的母親馬上堆起笑容，笑盈盈坐在他對面。童先生跟在她後面，面露猶豫神色，不知道是否應該坐下來。童先生的母親拉着他坐下來：「他是我的小學同學。我們竟然在同一輛列車，多巧！」劉先生看見坐在一旁的彥晴，連忙招手：「來，總經理也賞面一起吃飯吧。」

彥晴揮手：「不可以，我是工作人員。」他心裏在想：剛剛才死裏逃生，如果再和三個死人吃飯，才真夠胡鬧。喬治把紅酒瓶遞給他：「總經理，你的工作之一，是令乘客在最後的旅程開開心心。不好意思坐下來吃飯，也可留在這裏幫忙斟酒。」喬治拋了一個單眼色，愉快地退下去。

劉先生切了一件中式牛柳，放在彥晴的空空如也的白瓷碟上：「來，總經理。」不論甚麼時間，列車都在行進中，感覺上製作頗有難度，但做出來的餐點卻一點也不馬虎。菜式巧妙融合英式和中式風味，很難想像這些美味食物，竟是作為廚師的宇軒擠在一節小小的廚房車廂中「搖搖晃晃」做出來。

童先生的母親開腔：「劉仔，我們多久沒見面了？」劉先生把酒杯舉向她，在高腳酒杯互相輕觸的清脆叮噹聲中，說：「五十多年了。」

劉先生把頭移向窗外流動的風景：「我們最後見面那次，你已為人母，在新蒲崗，是一九六七年。」

童先生的母親開腔：「我們的人生，和很多人一樣，可說是在新蒲崗製造出來的。」

彥晴在腦海中快速搜畫，想起的，是一個毫不起眼的工廠區，看不到任何牌匾或紀念碑，只有一幢幢與水泥高樓並立的舊工廠大廈。他唯一知道，新蒲崗工業區部份道路以數字起首，分別是大有街、雙喜街、三祝街、四美街、五芳街、六合街、七寶街及八達街。

彥晴問：「為甚麼叫新蒲崗？有新必有舊，是不是有舊蒲崗才有新蒲崗？」

劉先生微笑：「我是在戰後出生，據說，在戰前九龍一帶有許多鄉村，其中一條是蒲崗村。它背靠蒲崗山，日軍佔領香港時，擴建啟德機場，將啟德濱和附近二十多條村夷為平地，當中包括蒲崗村，居民被逼遷走。」

劉先生見旁邊的彥晴聽得津津有味，繼續告訴他戰後啟德機場隨着航空業發展，把跑道向西北方延長，與彩虹道相接，讓大型飛機有足夠滑行距離。因此每當飛機降落時，馬路上必須落閘截停車輛和途人，等待飛機經過。這個着陸位置，就是爵祿街。直至九龍灣填海，興建了一條延伸出海面的新跑道，舊有交叉跑道才停用。

童先生的母親插嘴：「你們男人就是喜歡飛機大炮，你約我不是想在抵達總站前敍敍舊？」

劉先生咧嘴：「是的是的。當年我們兩個豆丁，未唸完小學，便學着別人到工廠打工，嘿，做黑市童工，一做好幾年。當時，工廠及山寨廠如雨後春筍般出現，老闆由內地輸入原料，製成產品後向海外輸出。除了在荔枝角、長沙灣和觀塘有工業區外，政府亦將舊機場部份土地劃為新工業區。在我們小學附近有工廠區，南面為住宅，方便廠商和員工上班，六層高的洋樓屬中產階層居住。我記得，我們工廠的太子爺，是住在崇齡街。」他看一眼童先生的母親：「他不是曾經追求你嗎？你們不是拍過拖？」

童先生的母親冷不防他有此一說，顧左右而言他，把話題轉移到少女時代。工廠妹的日子，工作辛苦，沒有機會讀書，小學讀幾年書，就要離開學校，到工廠打工，賺錢養家。她最喜歡通宵加班，因為加班的人工是雙倍，一拿到錢就和工友去吃宵夜。她父親管教甚嚴，她每次夜歸，常挨打捱罵，遍體鱗傷，視作等閒。為了脫貧，她和大部份女生一樣，希望快快嫁人。

童先生的母親，年輕時五官分明，追求者眾。劉先生不放過取笑她：「她的追求者當中，有富家子弟，即所謂太子爺。那年代的工廠妹十分吃香，『嫁個有錢人』絕非遙不可及的夢想。」

童先生的母親搖搖頭，倔強地說：「我不敢嫁有錢人，一入豪門深似海，我自幼家貧，讀書少，彼此生活背景完全不一樣，怎敢高攀？怕日子久了，對方會嫌棄自己。」

她一邊説着，一邊想起剛才在鏡花水月中看見的往昔。每逢七夕，她和大部份女生一樣，拜七姐。有一晚，她在工廠大廈走廊，準備好紙紮的七姐盆，有剪刀針線等針黹物品，又準備了「七姐秧」，還有鮮花水果，她誠心上香，祈求早日覓得如意郎君。她趕不及回家，又怕再次被捱罵，惟有騙父母要加班，打算睡在工廠地板上過一晚。

當時時局艱難，龍蛇混雜，工廠附近，常有大批人馬聚集，有的買賣白粉，有的收取保護費，黑道橫行。這夜不知道為何睡不着的她，愈發覺得肚餓，又不敢獨自外出。她推開鐵窗，看見樓下馬路旁有小販檔，昏黃燈泡照出令人垂涎的豉油皇炒麵，錚錚鑊鏟聲與她肚子裏的咕嚕咕嚕，一唱一和。

思前想後，她決定速去速回，踢着涼鞋撻撻撻一口氣跑下樓梯，給了五毛錢接過一包熱騰騰的炒麵，轉身就走。

這時，有兩個青年擋在她面前。兩人面無半両肉，雙臂紋身，想必是黑道中人，吃吃地笑：「小妹，一包麵不夠飽肚，跟我們哥兒去吃宵夜吧。」他們繼續你一言我一語，其中一人更伸手拉她的手臂。她猛力掙扎，但瘦弱的她，實在無力反抗。她大叫，但街上只有零星不想惹事的途人，匆匆而過。

正是糾纏之間，一輛私家車在他們面前停下。駕駛座位上的人用力推開車門，把兩人重重推在地上，童先生的母親馬上掙脫對方。車上的人叫她上車，她想也不想跳進車裏。

這時，她才發現，車上的是一位青年。他相貌端莊，並不像壞人。剛才是有點兇險，幸好有他解圍。少不更事的她，很快放鬆心情。

「你一個女生深夜出來，很危險。」他怔怔看着她靈動的鳳眼，把車駛往機場附近才停下，繼續説：「你去哪裏？」

「等一會兒，麻煩你送我回去剛才的地方。」她感激地合十。

他看着她緊握着的「雞皮」紙袋，滲出一朵朵油印。他一愣：「你是為了它惹禍？」

她一臉饞嘴地點頭，打開紙袋：「民以食為天。」她拈起兩根竹籤，夾起炒麵放進口中。

青年看着她率真的臉蛋，覺得比見過的那些大家閨秀，有趣得多。他問她：「別急着吃，我救了你，好歹也告訴我你的名字。」

她油亮亮的嘴唇停止囫圇，吞下一口麵之後，吐出兩個字：「童瑤。」

青年一聽，忘不迭說：「很好聽的名字。」童瑤歪頭：「沒甚麼，其他人都叫我瑤瑤。」青年把她送回工廠。

這一夜，想到這男子出手相助的童瑤，即使在工廠的硬地板，睡得卻是格外香。翌日，童瑤精神飽滿放工，卻見工友圍觀一架車。車上有個青年，目不轉睛看着工廠門口。

「好像是太子爺。」童瑤身邊的工友都在竊竊私語。這時，童瑤的眼眸，剛好接上青年的灼灼目光。他跳下車，一個箭步站在她面前：「我等你大半天了，童小姐。」

旁人見狀隨即起哄，她臉上唰紅，害羞地說：「我趕着回家。」對方有禮貌地欠身：「昨晚未及介紹，我叫駱緯綸。」一左一右和童瑤挽着手的兩個工廠女工，一聽到「昨晚」這個字，紛紛瞪大了眼睛。

童瑤怕被人誤會：「下次再說。」她轉身。緯綸在她身後說：「好的，下次。下次我們去遊車河，好嗎？」

童瑤拉着兩個向着太子爺揮手的姐妹，說走就走。

「瑤瑤，你為甚麼急着走？太子爺好像對你有意思。看他文質彬彬，跟他一起不錯呀。」童瑤稚氣地搖頭，卻不禁回望這位原地目送着自己的男生，內心在說：七姐七姐，謝謝你的眷顧。

和緯綸開始交往之後，她覺得他與其他富家子弟不同，為人真誠，又沒有架子，凡事都護着童瑤。兩人在放假時拍拖，到荔園划艇，或到郊外摸蜆，去獅子山打邊爐，簡簡單單，自有兩情相悅的浪漫。

唯一令童瑤顧忌，是緯綸從未帶她見老闆一家人。她很想問他，甚麼時候正式介紹給父母。曾經三番四次，把話說到嘴邊，卻最終沒有開口……

劉先生開口打斷童瑤綿延的思緒：「後來，我們再碰面，已經是多年之後。」童瑤從遙遠的記憶中，驟然回到現實。「對，那時你是見習記者。我，仍然是工廠女工。」

劉先生憶想：「當時，正值六七暴動，要去採訪。你工廠附近一間塑膠花工廠罷工，投訴工作環境惡劣，收入僅堪餬口，生活十分艱苦。當防暴警察到場鎮壓時，工廠內的工人對警察投擲玻璃瓶和鐵罐，結果有數十名示威者被捕。」童瑤點點頭：「勞資糾紛衝突，加上反對天星小輪加價，演變成暴動。有幼童死亡，亦有評論員遭人襲擊。政府宣佈戒嚴，所有女工馬上趕回家。我用濕毛巾遮住雙眼和鼻子才能回家。後來復工，觸目驚心：工廠的牆身都佈滿霰彈坑孔。」

暴動之後，劉先生積極參與社會運動，包括爭取以中文成為法定語文運動，糖街遷冊事件和保釣運動等等。他的月薪，當時只有三百五十元；但他相信，憑他的相片，可以改變社會上不公平的情況。劉先生苦笑：「我自幼頑皮，父母都要為口奔馳，想管也管不了。我讀夜校希望用知識改變命運，考入了報社做攝影記者，希望為社會公義奮鬥。」

「後來，我們又在啟德遊樂場入口遇見過一次。當時，我帶着他。」童瑤看一眼身邊的童先生，童先生若有所思，猛地點頭：「我記得啟德遊樂場。那裏有摩天輪、過山車、旋轉木馬和咖啡杯等，還設有戲院和表演台，供入場者欣賞電影及觀看歌星表演。」

彥晴聽了一整個晚上，非常驚訝在這五六十年到底發生了甚麼事？他從未到過啟德機場，更沒聽過啟德有一個遊樂場。這地區現在開設了不少文青玩意：同樣是劇場，從昔日的露天啟德遊樂場，搬進了工廈演出。經營了幾十年的家庭式小生意依舊，只是旁邊矗立着大型商場。隨着許多工廠相繼遷離，啟德河由一條臭氣薰天的大水溝，變成有魚兒在清澈河水暢泳的綠化景觀。外表看來是井然有序的城市，更勝從前；但卻又彷彿缺失了混濁中夾雜的激情和任性。

童瑤始終沒有回答劉先生有關她和太子爺之間的故事；劉先生識趣地不再追問。他只是淡淡說了一句：「我們是有緣人，此生只做同學，偶然相逢幾遍。但前世的你我，可是有更深的緣份。」

童瑤微笑：「對，在今生之前，我們說過要學習獨處這課題，結果你我此生孤獨一世。」劉先生把玩一下手中的黃晶石：「除了獨處，我有加入守時這課題。在我們再前一世，正是因為不守時，而錯過了彼此。」看來，愈接近忘泉，靈魂會記起愈多。

童瑤吁一口氣：「我們此生沒有對彼此虧欠了。」她的思緒，跟隨着空洞的眼神，跑到很遠很遠。

童先生拉開椅，剛好與從廚房走出來的宇軒打了個照面。他豎起拇指，說：「小夥子，你煮的晚餐，非常美味。你很有天份，倘若你我仍然在人間，我一定教你做全天下最好的包餅。」宇軒看着這張彷彿熟悉又實在陌生的面孔，氣餒地說：「若我父親如你，該有多好……」

童先生用了一生去經營勤快這課題，太熱天，在餅房的時候總是汗流浹背，感覺非常難受。然而食客滿足，即使忙活，在鍋碟瓢盆的碰撞聲中，在和夥計分享一天工作的閒話中，在念叨生活中的雞零狗碎的怨懟中，都在冀想明天的生活。一晃，就過了幾十年。他最明白，一位製作食物的人，最希望得到的，只不過是認同。

這時，劉先生指向列車前方：「看，火車正在降落到雲霧中跨度極寬的大橋。」宇軒說：「我們即將抵達忘泉站，由於列車太長，乘客必須集中到車頭下車，剩餘的車廂，則仍然橫跨在大橋上。」

童先生輕聲說：「雖然我一生安泰，但如今意外喪命，家人也許太掛心，可惜，我沒辦法給他們帶一個口信。」宇軒說：「這樣吧，我代你捎一個口信。你填好明信片，我們會給你在生的親人報夢。你的名字是甚麼？」童先生笑逐顏開：「這樣太好，我亦無憾了。我跟母親姓氏，姓童，名日華。」宇軒說：「放心。」

此刻的彥晴，卻無法從起伏思潮中抽離：「他們在此相遇，是否再續前緣？」不知道甚麼時候在他身後出現的林師傅，亮聲說：「何止他們？在此出現的你，可能亦和某人有着糾纏不清的緣份。」

如雷貫耳，彥晴想起了剛才幾乎殺了自己的女人……莫非，他們之間，真的有甚麼連繫？

第八章　喚醒

「你到底是誰？」若雪在他的夢境中出現。

彥晴霍然從床鋪上驚醒：發生甚麼事？我到底在哪裏？一片混沌，雜亂的片段充塞着腦袋。

早晨陽光的溫暖，照在他的臉上。他環視四周，嗅出熟悉的氣味。這裏不是豪華的車廂，而是自己以幾千元租住唐樓的一間狹小劏房。是自己在做夢嗎？

頭腦漸漸清醒，他的目光觸及小几上的紅榴石。是它？如此說來，他是到過車站？抑或真的上過砵典乍號列車？

他下意識摸一摸頸項，想起當時若雪眼中閃出恐怖的白刃光芒，一手捏住彥晴的喉頭，指甲尖已深深陷入他頸上皮膚。

他馬上一骨碌跳下床，撲到僅堪容納一個身位的浴廁，目不轉睛瞪着鏡上的影像。頸上皮膚清晰地留下五處傷痕，明顯由尖物所致。

彥晴恍恍惚惚，內心明白，剛剛遇見的一切，確有其事。在記憶中，列車駛進車站之後，乘客都魚貫下車，白臉嬷嬷列陣送行，只有喬治，林師傅，宇軒和自己，停留在餐卡。他們要離開車站月台遠一點，否則，稍一不慎被擠到月台，便要往赴忘泉。

彥晴問：「他們會去哪裏？」

「他們會在這裏遇見自己的靈魂家族，大家敍敍舊。然後，當決定再次輪迴，會跟靈魂家族進行幾次會議，討論自己的缺陷，再決定下一世的課題。當他們了解並同意這一世模式，才會重新選擇一具肉身。當靈魂進入肉身的那一刻，它就再也不能自由自在，要忘記先前所經歷的一切，忘記自己存在的特殊性，忘記自己是帶着學習目的來到人世之間，甚至忘記一切答案都在自身。」喬治說。

彥晴細細咀嚼喬治的說話，如此說來，人生千世萬世都是為了修習。「他們的命途，或多或少有着哀愁，為甚麼在列車上重溫人生之後，會願意重來一趟悲劇？」

喬治微笑：「我當日客死異鄉，自覺沒有面目去見鄉親。」他身邊的林師傅及宇軒點頭：「正因為我們還未準備好，才會一直留在車上。」憑窗送別劉先生、童先生和童瑤婆婆。

喬治說：「你是時候回去了。」彥晴四周張望，看不見若雪。她在哪裏？明明害怕她會來殺死自己，但她的身影卻佔據內心，揮之不去。

自尋死路，這念頭很可怕。

彥晴忘記了自己是如何被送回來，像喝得爛醉如泥之後，大概是在深夜迷迷糊糊從砵典乍火車站步行回來。

全身疲憊不堪，他打開手機，想知道自己到底工作了多少時數。然而，當他看見手機上的日期，他訝異得目瞪口呆。他以為過了三天三夜，居然只是過了一晚？

如此的話，車上度數日，人間方一夜。日薪五千，分開來算，實在不多。

這時，房東太太敲門。

他開門，迎面是她臉上掛着的鐵青：「韋先生，上月和今個月的欠租，可以今日付清嗎？」

彥晴抓抓頭皮，支支吾吾：「噢，上月忙着見工，晃眼便忘記了。」

「喔，是找到工作了？」房東太太仰着鼻子。

彥晴脱口一句：「見習總經理。」房東太太連忙亮起眼睛：「名牌大學畢業的高材生，的確不同凡響！難怪風水師傅説我這裏好風水……」

彥晴耍手：「我現在有點事趕着出去，回來給你租金？」他馬上關門，把房東太太的絮絮唸唸也一併關在門外。

他想起銀行戶口裏的零碎存款：對了，要去找紅榴「出糧」。

陽光之下，他身上的純白色棉質襯衫，在古玩店裁縫店二手書店復古服飾店交錯的石板街上，格外亮白耀眼。走近「石頭記」，訝異地發現它並未開門。他俯身把臉貼上玻璃櫥窗，窺探究竟。

他左顧右盼，但見店內一片漆黑。內心不禁升起一點慌張，甚麼總經理，甚麼日薪五千，莫非都是騙人的？

莫非，昨夜所見是一場魑魅魍魎的幻象？還是世風日下，連鬼魂都要當神棍？

他愈想愈懊惱，正想離開之際，被人拍了一下肩膀。他大吃一驚，轉身看是紅榴，吁一口氣。

紅榴一邊掏出鎖匙打開店門，一邊說：「先生，我這裏是要預約。你下次再白撞上門，我未必剛好前來開門。」

彥晴沒回應她；他一心只想着支日薪的事，該如何開口？他走進店裏，在紅色絲絨梳化上坐下來。

紅榴問：「你的第一晚工作愉快嗎？」彥晴點點頭：「還可以啦。」紅榴給他一張支票，說：「一萬五千元。」彥晴幾乎以為自己聽錯：「三晚工資？」紅榴掀起嘴角，似笑非笑：「這本該是你的，不是嗎？」

彥晴點點頭：「對對對。」他心裏打算，拿着它就夾着尾巴逃跑，不再做那個甚麼「鬼」總經理了。

紅榴在他面前沏茶，他看着這位若雪說過與她道不同不相為謀的女人，心裏冒起一個疑問：紅榴是因為甚麼原因，要在這裏開店，跟靈魂打交道？

紅榴緩緩地問：「你有沒有給若雪查賬？她不太懂得量入為出，列車收支一定出現問題。」彥晴點點頭：「最近的信用卡欠款是十四萬八千元。」

紅榴抬起眼睛：「那女人不會想加租吧？」彥晴搖頭：「她說與石頭記的租約是從前訂下，道義上不能加價。」

「不過，有另一個方式。」彥晴雙手抱胸：「大家都是為靈魂服務：你負責生前，她負責死後。你是催眠治療師，若要為活人指路，就必須與此處靈氣接軌。所以……」

紅榴拿着茶碗的手止住，瞪眼看着彥晴。

彥晴說：「她─想─收─佣─金。」紅榴淡淡一句：「如何收？」

彥晴迴避她的目光：「你每做一次催眠，付她一成佣金。」紅榴臉色一沉，看着手中滾燙的茶，彥晴感覺一絲不安：如果她生氣起來，說不定會把茶翻潑他身上。

他早前在車上領教過若雪的狠勁，對這種與靈魂打交道的女人，不得不防……

「她真是狡猾的女人。好，我把收費定高一成，把這一成上繳她就是。」

紅榴一臉不忿：「已經生存了一百八十年，仍然如此不擅理財。她的日子，真是白活。」

彥晴怕她激動得手中的熱茶拿不穩，搶着接過來：「很好。」他環視小店，問她：「現在的生意跟從前相比，是好了還是差了？」

紅榴聳聳肩：「我不久之前才接手，實在無法比較。」彥晴心生好奇：「喔？我以為你跟若雪一樣，是……」

「半人不鬼？」紅榴順口一溜。「我有血有肉，不是靈魂。我是精靈的後裔。」

她把目光移向窗外的街景：「那年，我先從冰島回來，約定了他三個月後，前來會合。我非常喜歡石頭，找到這間賣石頭的店出讓，聽說業主訂下租金五十年不變，便接手來經營。萬料不到的是，他並沒有回來。」

「他是誰？」直覺告訴彥晴，這人必定是她的戀人。「他是我生生世世繼續等待的人。」紅榴的眼中升起一絲憂鬱。

彥晴想起若雪曾提及，紅榴為了男人不惜犧牲所有。他看着眼前這位標致靈巧的女生，她有自己的故事，大概是另一個用情太深的故事。他沒有追問，反而心裏有一點關於自己的事，很想問個明白。

彥晴問：「你懂得前世催眠，可否免費幫我一個忙？」他告訴紅榴，從小到大他會經常做一個夢，夢中有一位和若雪長得非常相似的人。直至昨夜在列車上，他才認出是對方。

紅榴挑起眉毛：「你想知道她的故事，還是你的前世？」彥晴說：「都想知道。」

「所謂前世催眠，是從一個人潛藏的意識領域中，解開被封印的前生記憶。」她說：「潛意識存着你過往的所有記憶，所以才能看到前世的故事。」

彥晴聳動一下肩膀：「何妨一試？」

紅榴把他帶到另一個房間，裏面只有一張棕色復古牛皮柳釘梳化，四面都是奶油色的牆。她叫彥晴放鬆心情，坐下來。

她告訴彥晴，前世故事不過就是內心的一種投射：有人的催眠敏感度很高，能過透過前世回溯的過程中，說出很多細節。由於投入了很多情感，這些感受變得異常真實。另一些人，看到的前世卻是模模糊糊、隱隱約約，只是知道自己大概在做甚麼，大概經歷了甚麼，僅此而已。彥晴點頭：「就如我夢中所見。」

「不管是來自前世召喚，還是內心一種投射，你所看到的故事，對於現在的人生，總能有所體會。」

彥晴閉上眼睛。在海邊碼頭一路而來，鏢局的人押着鏢車走上山路，快將翻過山頭。他們喊着鏢號上路，聲聲「合吾」。在彥晴身後，貌似若雪的女子，看着自己説：「我哥哥説過，這個『合吾』即『黑五』的諧音，是對祖師爺張黑五的尊崇，也是對江湖同道的相互認同。大家都是闖江湖的好漢，最好誰也別難為誰。」

話未説完，忽見一班人在崖上出現，喊打喊殺，不知是兵是賊，只知他們必定是衝着自己的鏢車而來。若雪跨上馬背，下令：「快！輪子盤頭！」彥晴面前的所有鏢車，應聲圍成一個圈，準備禦敵。

説時遲那時快，彥晴左膊一陣疼痛，他低頭一看，鋒利的箭頭沒入了一大截，左膊的衣袖，瞬間染成血紅，漫向胸口。

「若雪，快帶幾個人推着鏢車跟我走！」有一個男人在混亂中出現。彥晴眼前一黑，在人聲馬踏之間，隱約感受到被人推上了鏢車，沒入貨堆之中。

當他再次醒來，感覺自己的背躺在很硬的東西上。面上被蓋着一塊又重又乾的草蓆。人家以為自己死了，所以草草丟棄一旁？

他想坐起來，肩膊卻刺痛入骨，全身無法動彈。這時，他聽到有人聲：「為甚麼有官兵截擊？你又來搶走我們的鏢車？」說話的人是若雪！

彥晴想起昏迷前的一刻，他摸一摸身後的硬物……對了！他不是躺在沙地，而是躺在鏢車的木箱上。

和若雪說話的人是誰？他輕輕挪移草蓆，露出一線光。

只見一位身穿洋裝的高眺男子，背向自己，向着若雪嘆氣：「我身不由己；我的生意夥伴正是砵典乍先生。」

彥晴隱約看見，在倉庫的暗處，若雪雙手被反綁：「我不明白，這批貨正是砵典乍先生付押。」

「官兵這陣子查得太緊，我要找全縣城最正氣的鏢局，才能在這幾次付運成功。」

若雪驚異地問：「你接近我，只是想利用我們之間的關係，不虞有詐，不追究剛剛從碼頭收的是甚麼貨物？」

男人說向着若雪嘆氣：「不是你所想那樣的。」

若雪愕愕地問：「你一路與我同行，並非因為喜歡我，而是監視。莫非，這批貨是……」

這時，一位蓄着紅鬍子的外國人走進來用英文說：「剛才一陣騷動，她的所有同伴都被清兵殺死了，你要今晚殺死她，免留活口。」

男人提高聲調：「你不是答應過，不殺她和她的父親？」

紅鬍子冷笑：「誰叫他們沒本事安全運送我的貨物？她父親被官兵殺死，怪得了誰？要怪，就怪他們的官府無端生事，來管我們大英帝國送來的貨物。」

在紅鬍子離開之後，男人瞬間靜默下來。

若雪問：「那洋鬼子說了甚麼？」

男人從喉嚨中沙啞地說：「他叫我……帶你去見你父親。」

彥晴在草席下把紅髫子的說話聽得清清楚楚，心頭一凜。男人要殺死若雪！

彥晴此刻在鏢車上，在一大堆貨物裏，卻是動彈不得，從滲透了海鹽味的木箱中，他隱約嗅出，另一種濃烈的味道，彷彿混雜着蜜糖、乾葉和石灰等。這批令人送命的貨物，到底是甚麼？彥晴陷入沉思。

彥晴被意識帶回現實，他張開眼睛：「我看見若雪。」

紅榴眼中帶着一種深沉：「從一個人潛藏的意識領域中，想知道自己的事，很容易。但若要看見彼此，除非你們的前生互有牽連。」

第九章 償債

彥晴把租金放進包租婆的信箱，倒頭昏睡了個半天。醒來時肚子餓得咕嚕咕嚕，四壁沒有一扇窗的狹窄房間充斥着無法擺脫的空洞，令他更迫切逃出街上吃點東西。幾近黃昏，他把目光放在被閃亮高樓切割得四分五裂的天空。忽然，他憶想起與童氏見過那在破舊木屋之間的一大片廣闊無垠。

他來得及在下午茶時段完結前，在特價餐牌上點了一碗加大日式拉麵，捧着滿足的胃踏出石板街。放工時分，在萬頭蠕動間有一雙黑瞳深深的瞪着自己。他定睛，看着自己的人不是別人，正是若雪！

她走到跟前，彥晴壓低聲音問：「你不是鬼魂嗎？為甚麼不怕日光？」若雪淡淡一句：「我也不知道自己算不算是鬼魂。不過，我倒要先來向這位令我變成如今人不人鬼不鬼的男人討債！你，跟我來。」

若雪冰冷的手指，牢牢扣在他手臂上，居然沒有讓他記起曾經在車上抵着脖子的一刻，反而是聯想到在催眠時被反綁着雙手的少女。

她一把拉着他從大街走向小巷深處，在黑漆的後巷，只有零星落索從食肆後門隙縫中滲出的破爛暗黃。

若雪用力把他壓在牆上，她是鏢師出身，三兩下拳腳功夫，難不到小妮子。他的胸腔被她手臂壓着，難以呼吸：「你……有話不能好好說？」

「你就是那個人，你前世害死了我。」在彼此僅僅二十厘米的四目交投之間，若雪的眼睛中是帶着恨之入骨的冰冷。

彥晴的腦裏馬上回溯夢中和催眠影像，碎片湊合成他和她之間的畫面：夜行鏢車，樹下擁吻，碼頭截擊，臨死困局……

到底，這和身穿洋裝的高瘦男子有甚麼關係？自己是不是害死若雪的男人？他也說不清楚……

「我等了一百八十年，就是為了找出你。你這個騙人的傢伙！」她聲音抖震，愈說愈激動：「因為你這騙子，我的父母和家人被我害死了，全鏢局的人都死光了！」

彥晴開始感覺自己的腦充血，肺部愈來愈虛弱，像被大石重重壓着，意識開始模糊。這時，紅榴忽然出現，一手推開了若雪。彥晴嗆咳了幾聲，搓着胸口。若雪一揮長髮，問紅榴：「你憑甚麼干涉我？」

紅榴搖頭：「即使他是一百八十年前害死你的人，你亦不能在今世的他身上報復。靈魂殺人，是違反天條。」

若雪滿臉通紅：「我找這個人找了一百八十年，寧枉無縱，他的前世分明和我有關。你不是在催眠期間，也證實了這點？」

彥晴挑起眉毛，看向紅榴：「你為甚麼把我的私隱告訴她？」紅榴耍手：「冤枉冤枉。中午你左腳才踏出我店，她右腳就闖進來。她一臉惡形惡相，喊打喊殺，我實在難抵她的質問……我就是怕你有危險，才跟蹤她前來。」

若雪指着紅榴：「你別擺出一套天條執法者的模樣了，我若循規蹈矩，早早投胎轉世，還為甚麼留在人間？一切，是為了報仇。」

「你太執着了。」紅榴嘆氣。若雪訕笑：「紅榴，少來這套故作清高，你又何嘗不是執着於一個人？」紅榴一怔，臉上泛起黯淡。兩人互不相讓，彼此的說話就如鋒利的刀刃。

彥晴不能理解她們這些執着；父母雙亡，時不與我，失學失業，委曲求全……他若是如此抱着執念，應該會自覺人生悲慘得多。到底是本身性格使然，還是出於一種生活於現世無奈之中的自我保護機制，他也不太確定。

紅榴看向彥晴：「你還是觀察一下吧，他未必是那個人。」若雪抬起眼睛，恰恰與彥晴茫無頭緒的眼神相接。剎那間，她似乎動搖了。

若雪移開目光，整理一下白色衣袖上的塵垢：「反正他後晚值班，還有時間慢慢收拾他。」

彥晴搖頭：「我辭職。」若雪冷笑：「你是不是腦筋有毛病？我付的是三天薪酬，你怎能只來工作一晚？」彥晴瞪眼：「車上的時間過得太慢，一晚等如人間三晚。」紅榴插嘴：「彥晴這次是你無理，既然已經收錢，就必須工作三晚。」

彥晴愣住：錢都拿來交了租，想繳還亦不可能。事已至此，他只能繼續與這班鬼魂為伍，在砵典乍號列車上班，再工作兩晚。然而若雪兩次置他於死地，性命攸關，他實在不得不慎思。

紅榴玲瓏剔透，一眼就看穿他的顧忌，轉身向若雪道：「上天既然安排他來見你，自有玄機，何不姑且在兩次執勤之後，再說報仇之事？」

若雪服務靈魂已經一百八十年，對天命自然多少有點明白。加上，她從彥晴剛才的眼眸中看見澄明清澈，確實和當年的男人有着顯然區別。那人，從一開始就藏着深不可測的情感。很深的愛，換來更深的恨。

像白玫瑰一般驕傲的若雪，並沒有回答，只是用近乎看不見的幅度點一下頭。彥晴的目光，卻不由得停駐在她的眉鬢之間。

兩天之後的深夜，彥晴發現自己雙腳真的來到車站，不禁懷疑自己撞邪：明知這個女人有可能殺死自己，居然燈蛾撲火？他心生懊悔，真的為了一萬幾千而冒險？可是思前想後，又實在無處可逃，她已經盯上自己，如今失信恐怕更令對方氣炸了肺，弄巧成拙。

升降機門打開，宇軒看見車站內繽紛繁華，藍白寶石玫瑰砌成的花牆下，富麗堂皇。絲絨梳化上坐滿等候發車的乘客。如水銀瀉地的水晶星燈下，作為擺設的古典皇室馬車後侃侃而談的男女，每個人在世上已經活了大半世，眼中卻流露出如十八情懷的甜蜜。

他們會有怎麼樣的故事？彥晴就像觀眾一般看向台上的主角，在凝神出竅之際居然被林師傅一手抓住左臂。

「總經理，我們想在出發之前，問清楚一件事。」他鐵青着臉把他拉上列車。

在職員專用車廂，佐治和宇軒也在。宇軒被他的同伴推了一把，他支支吾吾：「彥晴，不，總經理……佐治那天看見車長想殺你，我們後來問她，她說你是叛徒。你……可否把這件事交代一下？」

彥晴冷不防大家有此一問，怔了一怔。他實在不知道真相，內心如大海中的浮花，思緒伸延到最後一幕記憶：從滲透了海鹽味的木箱中，嗅出混雜着蜜糖、乾葉和石灰的味道。

不知道甚麼時候，若雪雙手抱胸，倚靠在車廂窗邊。她定睛打量着彥晴，眼中透出冷冰的殺戮，站在旁邊的林師傅和佐治退避三舍，只有宇軒挺身站在彥晴跟前，怯懦地問她：「車長有事吩咐？」

若雪瞥他一眼：「你該是時候去替客人驗票了。」宇軒猶豫片刻，用一種彷佛就此一別就不能再見的眼神去回望彥晴。若雪心中有數，跟宇軒說：「現在殺他還太早，可以多等兩次旅程之後……」

林師傅和佐治連忙拉着宇軒離開，彥晴正想跟着出去，被若雪截住：「你留下，總經理。」

車廂裏的空間不大，只留下兩人對望，氣氛詭譎。「你……」若雪湊近，彷彿想看穿他的靈魂：「你現在要交一個提案給我，增加列車收入，達至收支平衡。」

彥晴傻眼望着他，完全不能想像為甚麼她會忽然思路轉向，說出另一番話。

「你驚訝甚麼？在這裏，收留一個遊魂不用花錢；我才不會白白給一個活人支薪。」她拿出一大疊賬單，塞到他手中。

彥晴不得不回復一貫冷靜，向她陳述：「紅榴從昨天開始已經調整了收費，每一個來找她催眠的客人繳款中的百分之十將會交付你作為佣金。如此，半年之後，你應該可以償清負債。」

若雪瞪大黑白分明的圓杏眼睛：「半年？太慢了。我要馬上就有進賬。」

彥晴搖頭：「財不入急門。」若雪反駁：「我不是賭客，別跟我來這套。你是名牌大學出身，怎能說沒辦法？」

彥晴一愣，這個走鏢世家出身的女子，果然是做老闆的材料。老闆不用懂得做，只需要懂得叫你做！

彥晴仔細思量：「要還人間債，只能賺人間的錢。」他想起童瑤的兒子雖然一生安泰，但好歹是意外喪命，在忘泉路上，亦怕家人掛心。閃念之間，他想到一個方法。

「我們在火車上提供代郵服務，乘客上車時，服務人員會送上一套文具，裏面有三張明信片、信封信紙和筆，鼓勵客人寫信，不是為打發時間，而是作為報夢給在生的人。」彥晴一邊說，眼球一邊快速轉動：「報夢者可以先告訴在生者入賬到你的銀行戶口，然後才報夢。」

若雪乍聽是一頭霧水，但細想亦真的有利可圖：「這有點像昔日的『問米』……」彥晴點頭：「自古已有，只不過是換一個方式。」「為甚麼不叫他們寫電郵給我？這比寫信方便。」彥晴說：「我有細心想過寫電郵還是寫信，死者多為長者，未必如年青一輩，個個懂得用電腦發訊給我們。等遲一些日子，再與時並進。」

若雪聽他用「我們」這兩個字，心裏忽然被牽動了一下。經歷了一百八十年孤家寡人的她，很久沒有聽過，從另一個人口中説出這個字，幾是似曾相識。

這時，一位穿着老式寬身西裝的男人，提着公事包上車，看上去，大概還不到七十歲。「我叫符明學，請問，我的卧鋪票是在這車廂嗎？」他從前襟袋巾後，掏出一塊藍寶石。

若雪堆起笑容：「歡迎登車，讓我看看。」她用指尖拈起寶石，借用月台燈光透視中間的符號。「是四十四號，在第六個車廂。你往後繼續行，自會找到。」

彥晴充滿疑惑地問她：「剛才那寶石裏，只有斷斷續續的橫紋，根本沒有字，你怎麼知道那號碼？」若雪睜大眼睛：「你還未知道這個？是『員工必讀手冊』中最基本的呢。」被她這麼説，從小是優異學生的彥晴，反過來充滿因無知而形成的歉疚，自責沒做好本份。

若雪看出這點心思，初生之犢充滿率真，她對他的好感油然而生。「寶石也好，水晶也好，內藏斷續橫紋，代表一個生命函數，是石頭的命運，也是與它共生的人類的命運。」

「是甚麼數字？」統計和精算尤為出色的彥晴，從未聽過一種與生命有關的數學。

若雪微笑：「西方學說中沒有，並不代表中國沒有。橫紋組成的，是《易經》中六十四卦。」彥晴聽過《易經》，但從未讀過。《易經》是中國最古老的文獻之，被視為上古三大奇書之一，以一套符號系統來描述狀態的變更或不易，與其說它和數字有關。不如說它是一種哲學和宇宙觀。

「符明學手中藍寶石中的是姤卦，周易六十四卦中第四十四卦，六横紋的排列是上乾下巽。依卦所言：姤，遇也，有相遇、邂逅之意。」若雪似有所思：「他的一生，都是為了成全當初的相遇。」

彥晴恍然大悟，不期然想到自己的紅榴石。他馬上掏出來，對準燈光，真的有裂紋！一長兩短一長，再一長兩短又兩短。若雪搶過來看：「第五十六卦：旅卦。」彥晴抿嘴：「我不去旅行，與我人生無關。」若雪搖頭：「旅，為探索之意。」彥晴的目光從紅榴石移開，若雪剛好抬起頭來，兩人相視時，他說：「這，也許是我和你這丫頭糾纏的原因？到底要……探索甚麼？」

若雪一愣：「丫頭？我比你多活一百八十年！」彥晴搖頭：「你死時的年紀只是二十歲吧？再活一百年一千年，都是相同年紀。」

若雪聽了，面色一沉：「如果可以，我不想再活一百年，我寧可，灰飛煙滅。」彥晴面露困惑。若雪幽自己一默：「到時，若你未死，一定很開心，再不會碰見我這尋仇的人。」

彥晴看着她：「何必？你可以輪迴，你憎恨的人亦會轉世，恩仇盡泯。」若雪眼中充滿恨意瞪着彥晴：「正因如此，我才不要完結此生，我不想放開恨。留在人間尋覓，然後殺死他，圖個灰飛煙滅的痛快。」

彥晴從沒想過，世上有如此執着的女人。到底，自己的前生，和她有甚麼關係？

彥晴見她眼中的怒氣愈燒愈旺，怕危及自身，馬上找一個藉口開脱：「我現在……去處理郵寄新服務。」他一溜煙似的跑到後方的車廂，遇見剛才的男人。「符明學先生？想去哪裏？」符明學瞧他看了一眼：「沒甚麼，想在車上隨便逛逛。」

彥晴見他一身學究打扮，好奇地問：「你生前是一位老師？」符明學點頭：「我在國內師範畢業。想當年，是一九七七年，經歷文革十年之後，政府決定恢復中斷多年的高考。那年高考，堪稱比科舉更難，因為每一百個考生僅錄取五人。文革期間，中國教育基本上停頓癱瘓，當時我二十五歲，被分配到一間在浙江鄉鎮小學擔任老師。初中畢業時，下放到農村，在農村呆了四年多。七三年有機會讀了中等師範學校，畢業後到小學任教，當時覺得基本定型了，沒想到還有一次機會考大學。整個國家百廢待興。很多青年人仍然在農村，報紙上刊登了高考報名時間，我就到工作單位開了證明去報名，然後領到了准考證。短短兩三個月時間，我沒有時間準備。當時只好買一張地圖掛在家裏，除此之外便看看歷史地理和語文方面的知識。我們那時候的人都已經很多年沒有讀書了，都荒廢了。我根本沒有多想，覺得考上就很幸運，有書讀就很好。當時的錄取通知書是送到我工作的小學，起初我自己並不知道。學校的校長和書記，想不讓我去上大學，想我留下來。後來有人偷偷告訴我說考上大學，但學校不想讓你去。我就急了，去找學校的校長和書記，他們都支支吾吾。後來我父親到學校去找他們，說一家幾代人從沒出過大學生，好不容易有個大學生，他們才放我去讀書。」

符明學真不愧是老派教師，開口便停不下來，毫不理會彥晴是否有興趣聽下去，想再開口之際，眼睛卻落在彥晴身後，喉嚨格格作響沒法說出一句話。

彥晴覺得不妥，是甚麼令他忽然停下？他彷彿感到背樑上一道冷風，害怕得連頭也不敢轉過去。他想起若雪提及過的惡鬼，生怕會看見血肉模糊稀巴爛。

第十章 忠誠

符明學怔忡地問：「慧賢？是你嗎？」彥晴閉上眼睛緩緩轉身，從乍開一線的眼簾之間，看見令符明學凝神的人，是一位上了年紀的女人。

彥晴馬上記起若雪的話：「符明學手中藍寶石中的是姤卦，姤，遇也，有相遇、邂逅之意。」他頓時明白，他的命運，既為情生亦為情死。他睜眼看清楚，眼前人後頸盤髻、身穿白色大襟衫和黑色香雲莎吊腳褲，身形瘦小，眉目清明，年紀大，卻像小說裏的女人，有種小家碧玉的氣度。

她凝望符明學，蹙一下眉，半晌，她雙眼通紅，那皺巴巴的眼角，擠出了淚珠，緩緩串滑過乾癟的面龐。

符明學幾乎沒推開彥晴，一個箭步迎上去。「慧賢？一定是你。我足足找了你四十年。」

慧賢仍然是一動不動站在原地，滿臉淚痕：「天意弄人，只應許我們分別時的約定……」

符明學激動得有點哽咽：「對，我們曾約定：同年同日死。」兩個人互相對望，很久，很久，彷彿超越了生死。

這兩人的愛情，含蓄卻又深刻，與彥晴身邊的癡男怨女熱戀激情，絲毫不比下去，甚至還分明有一種對美妙人生的執着追求……他很想知道，這兩人之間發生了甚麼事，一別四十年。

彥晴清一清喉嚨：「嗯，我是這裏的總經理，恭喜二人重逢。可有興趣到我們車上的未央湖，細細相聚？」

符明學一聽，點點頭，伸手挽起慧賢，跟着彥晴向前走。火車上有一個湖，的確是很難相信的事。火車上每一個車廂，都是縱向橫向無限伸延空間，甚麼都可以出現。想像，從來不受地域約束。

三人來到湖畔，天將破曉，眼前的未央湖是一幅詩意。山嵐雲霧飄渺，恰似潑墨山水。符明學忍不住說。「來此一遊，在潭畔愜意品茗拂清風，實在令人陶醉。」

他們走向臨湖的聽雨軒茶居坐下。宇軒從小廚房走出來，問他們想吃甚麼。「早茶無論是茶、水果、點心，均由我精心準備，選料講究口味獨特。」

慧賢微笑：「想不到，這裏有早茶點心。」符明學說：「那麼，就叫你最喜歡的荷花酥和龍井酥。」

彥晴聽了，一愣。他出生於堪稱環球美食總匯的香港，甚麼中西意法日道地美食都有，卻從未聽過荷花酥和龍井酥。他看向宇軒，難得宇軒居然胸有成竹，回去廚房準備。

慧賢説：「喜歡龍井酥的人是你，你説龍井酥色綠形圓，茶香濃郁，溫潤甜膩，頂上逼真的三瓣龍井茶葉，清口舒爽，回味綿長。我喜歡的是荷花酥。」

符明學點頭：「荷花酥是浙江杭州著名的傳統小吃，用油酥麵團製成的荷花酥，形似荷花，酥層清晰，觀之形美動人，食之酥鬆香甜，出淤泥而不染，像你。」

慧賢陪笑：「你道我們還是十八年華嗎？人們喜歡吃荷花酥的粉紅酥皮，鵝黃內酥，褐灰內餡。我卻喜歡賞荷花酥，花瓣層疊緩緩綻放，薄如蟬翼不黏連，好看得不忍吃。」

他們相視，是夢縈魂牽的初戀，初戀情愫的悽美動人。兩人看向湖面繾綣薄霧，如綿如絲，層層隨風掀開。

彥晴看見一個農村。田野的聲音和城市的明顯有着不同。這裏，沒有車聲沒有人聲，卻有大自然的聲音。風在空轉，禾稈在廝磨，連泥土裏的蟲動亦聽得出來。寧靜，卻不孤寂。

「一整天就是沒看過一隻雀。」二十多歲的符明學氣餒地跟身邊閒着的慧賢說。他看着手中的大丫叉，這特別厚的橡皮筋，可是他好不容易在空置的穀倉發現。符明學托一托眼鏡：「農村問題永遠都是土地問題，我們國家政府首先是分地，富階級的土地給貧苦農民，然後是收回所有土地歸國家，實行人民公社。土地始終是農民的那些土地，分了收，收了分，分了收，分分收收就是無數次的革命。解決農村問題，唯一的出路是走城鎮道路，而城鎮化道路又如何走？」

「幸好，我們農村，有廟宇，有祠堂，大家有矛盾可以到廟宇裏去向神明起誓，到祠堂裏去辯公道，生活貧窮，活得有沒有自由和尊嚴無所謂，最重要，是要吃得飽。」慧賢嘆氣。符明學點頭：「如今整個中國鬧饑荒，不知道應該怎麼辦。如今一天有一兩塊番薯下肚已是樁美事。村裏的青年只有一個目標：逃，逃到南方再到香港。抵達富裕的香港，是我們唯一能扭轉命運的生機。」一同鄉中的叔輩早在六十年代嘗試過，但那時偷渡失敗，返去要坐牢。近來這政策鬆綁了，聽說有同鄉即使經歷十二次失敗，依然再接再厲，皆因冒險穿過怒海翻波，總比坐以待斃好。

慧賢年輕時是遠近聞名的美人，心靈手巧，可惜目不識丁。符明學和慧賢是在農村的小學裏認識。符明學是新來的教師，慧賢是帶弟弟來上學的。她想聽教室裏的琅琅書聲，每天背靠在課室外的黃泥巴牆，坐上一個上午。為了學上幾十個生字，她每天趴在窗外偷偷看，看這位淳樸幽默的青年講課，看他用粉筆謄寫。同村婦女義務輪流「派飯」給下放到這裏教書的老師，她給他送最好吃的飯菜；天冷時分，她通宵達旦為他織出最暖和的毛衣。

符明學後來發現了她，在課室裏看向窗外時，會看見她蹲坐在靠窗的小樹下，把雙肘支在膝蓋，雙手捧着腮，陽光的黃金圈套在她頭頂閃爍着醉人光芒。彼此看着對方一整年，直到這天，他真要離開農村。

「高考之後，我馬上回來，到時，帶你到城鎮，帶你去吃荷花酥，我要吃龍井酥。」符明學鼓起勇氣，握着慧賢的手，深深地看着她。「到時，你要做我的符太太。」慧賢看着他俊逸的臉龐，雙眼充滿溫柔，她的臉稍微紅了一下，她害羞地捂着臉壓着鼻子，嘴唇卻被特別強調。她雙唇鮮紅、豐滿，符明學感到自己很可能要犯錯，他的乾燥嘴唇不自覺噘起來，雙手已經把慧賢的頭拉近，像飢餓的黃蜂貪婪地咂吮如水一般的蜜糖。初戀的回憶，是人生中最美妙的感覺。這次，是符明學第一次和一個女生親近。那天，他們立誓相守。

然而，他們卻沒有意識到，城鎮和農村之間，他和她之間，相隔的何止是道路？

符明學有了讀大學的機會，入了師範，國家有生活補貼。他就把每個月的伙食費省下來，打算畢業時做結婚聘禮。他在大學修了很多科目：古代文學、現代文學、當代文學，還有現代漢語、古代漢語、寫作等等。不過，當時學校裏沒有教科書，因為文革時很多書都被毀了，需要重新出版。老師囑託他和同學們半夜去新華書店排隊，等天亮書店開門營業，買了書才回校。同學中年齡差距很大，但大家都很努力，早上天未亮，就到路燈下去唸書，學拼音，背古文。晚上學校十時統一熄燈，自己買了蠟燭繼續在教室裏溫習。他一直希望，自己能成為文革之後第一屆大學畢業生，卻在這時，收到慧賢寄來的信。她祖輩世世代代務農，被視為家庭成份好，單位安排她與村幹部結婚。她不願意，但又沒有辦法。所以，問符明學可否提早一年回去。她在信中說得隱晦，實在是十萬火急，想符明學回去搶親。符明學很困擾，他還有兩年便畢業，大學畢業生有很多單位搶着要，將來必定成為社會上的骨幹。可是，他亦曾立誓，非卿不娶。那時國家有規定：沒有談戀愛的不能談，談了戀愛的不能斷，結了婚的不能離。他思前想後，申請短期休學，先娶妻，再繼續唸書亦可。臨離開的時候，遇見當時的教委負責人，沒頭沒腦問：「你不是要讀書嗎？怎麼走了？」符明學怔住。

公共汽車在楊樹下嘎嘎吱吱停住，從公共汽車上下來的人向四面八方消散，他們走進紫色的夜的隱秘帷幕，符明學回到了農村。他打了一個冷顫，夜氣朦朧，涼露侵入肌膚，肩背緊張，頸項痠麻，覺得轉動困難。

他找到村裏的人，他們一聽「慧賢」兩個字，都搖頭。這時，有一個人從樹林後地走出來，他舉着手槍，弓着腰，指向符明學。一顆子彈像玩笑般地緊擦着他的脖頸飛過，他來不及反應，脖頸上流着腥紅血絲，他卻全無知覺。村裏的人被嚇着，連忙拉着那人：「見好就收。」那人嘴裏開始發出咆哮：「若慧賢不是惦記他，她早已是我妻房。」他並沒有放下手槍，村裏的人向符明學叫道：「你快走。」

第二天凌晨太陽出來之前，他走在一片尚未開墾的荒地。荒地上雜草叢生，黑綠、枯瘦。四周儘管有霧，但空氣還是異常乾燥。太陽出來了。太陽是慢慢出來的。當太陽從荒地剛冒出一線紅邊時，他的雙腿警覺地彈跳了一下。久旱無雨的田野在藍天下顫抖，符明學立在荒地上，踩着乾燥黑土，讓陽光詢問着他的眼睛。他百思難解，那人為甚麼要用槍打自己。他在逃跑時，依稀聽見村裏的人叫道．慧賢走了！去了你老家順德！

符明學於是回去順德老家，家人告訴他，有個女孩來過，但家裏老爺怕她帶了甚麼麻煩來。畢竟，家人受過文革的苦，太苦了太怕了。她是明白人，留了一封信給他，又跟着隔壁的一個女生走了。

信是這樣寫的：明學我先去香港，你見字就來找我。記得，我們的約定。你我要保住性命，等待重遇，將來同年同日死。

原野上的太陽剛冒出一半就光芒萬丈，像強而有力的巨臂撥擁着大氣中的塵埃，晴空萬里。當日臨離開大學，教委負責人一句話當頭棒喝。自己考試成績不錯，原本是有機會上本科大學的，但因為父親當時是走資派，還沒有平反，受到家庭因素的影響，並沒有被取錄到本科。

為甚麼要留在一個不看重自己的地方？他的確在這裏耽誤了好長日子，等他睜開被淚水泡得黏糊糊的眼睛，才想起天大地大。去，去香港。

他在汕尾上船。符明學有份撐船，所以收費便宜一點。一隻小舢舨坐着十數人，撐起單薄的帆，都是人家的被單縫紉而成，卻是他們僅可以依賴的希望。很多人帶的口糧只有一兩包花生，要省着吃，船家點好人數便出發，在一日航行之後抵達中途的島嶼，大夥兒上岸向居民討一口清水，稍作休整又再度出發。大概兩三日航行之後，他看見有發脹浮屍在海中漂浮，同船者說，是一整船人在暴風雨中全數沉沒。單是渡海這一關，很多人都過不了。

想要幸運地上岸，先要水性好，符明學採用的站泳姿勢，露着肩頭，雙手環抱着衣服包。水流沖激，水珠在他肩頭上滾動，陽光在水珠上閃爍，一片片灑在海面。抵岸一刻，他面前亮堂堂一片，他身後留下犁鏵狀的水漬，是告別農民的洗禮。他由藍田坐車到金鐘，取得「行街紙」，不怕警察在大街上截查。有了「行街紙」，便可以開工。他想去教書，但身無分文，只好先做泥工，一天工錢是六十元。他一下子呆了：這是中國農民一年收入！那年是一九八零年，香港政府同年取消抵壘政策，他自覺，算是走運，一定可以找到心上人。

後來有一間在寮屋區附近的小學請了他教書，他便開始尋找慧賢。他時常在中環的浙江菜館流連，旁人以為他是同鄉，到他開口才知道是廣東人。他一直向侍應和食客打聽，有沒有見過喜歡吃荷花酥的大姑娘。偏偏，沒有人見過慧賢。

「你當時去了哪裏？」兩鬢花白的符明學，看向安靜地坐在一旁的慧賢。

慧賢搖頭苦笑：「你在浙江菜館找我，我在順德茶樓等你。」她又試過登報尋人，但報紙上的尋親方格密密麻麻，她自己也看得眼花，況且她很少讀報，刊登了半個月便停止了。符明學搖頭：「我連續二十年登報尋人，年終無休。」

彥晴聽着也替他們心酸，此刻兩人的眼中閃爍，似是內心淌淚，又彷佛只是無言相對。

喬治踏着輕鬆的步伐走過來，問彥晴有沒有要幫忙的地方。「與其要我和那古老石山在一起，我寧可跟着你和宇軒。」彥晴一笑：「你口中說的古老石山，是車長還是林師傅？」

「當然是林師傅，他除了拳腳功夫，甚麼都不懂，連智能電話也不會用。相反，車長雖然活了一百八十年，但她比我們任何一個人都要思想前衛。不說你可能不知道，她一直有追看網紅的影片，兼且，非─常─積─極─網購。她是真正的與時並進呢！」

彥晴重重嘆氣：「難怪她的信用卡簽賬驚人。」喬治轉身，往小廚房端來熱茶，替兩位客人換茶。慧賢抬起眼睛，說：「謝謝。」電光火石之間，喬治看見是慧賢，立時止住。

慧賢目瞪口呆看着他：「喬治？你不是早就去世？」喬治眼中有點激動：「感謝你，每年來我墳前拜祭。」她如此一去，從此他的墳前不再有花。慧賢遙想，一別十多年，如果重回那一秒，一切也許會變。

慧賢搖頭：「為甚麼不走？」喬治垂下眼簾：「我不是告訴過你，按照宗教習俗，尼泊爾人不能客死異鄉。但累計起來，我們有超過五百個啹喀兵卻因公務，被迫葬於香港。」

「我作為最後一個客死異鄉的啹喀兵，沒有面目去見鄉親了。」喬治抬起眼睛。瞬間，兩人的回憶，都往後退，退到那年那月那天……

在他抵港前幾年，六七暴動，有二百多名中國民兵企圖入侵香港而越過深圳河，圍攻羅湖警署，後來靠民兵擊退，其中有五名士兵陣亡，包括他的尼泊爾同胞。及後喬治來到香港，受聘來港當兵，協助香港駐守邊境。原本以為是威風凜凜的少年軍，誰料來到才知道英軍啹喀部隊，高不成低不就。在香港一直是二等人；從當年鎮守邊防，到後來的高級保安。

喬治第一次遇見她，是在縫補店。喬治的軍服袖口線，有點鬆了，於是他便想找個縫娘。來到在順德酒樓前的縫補鋪子，剛好縫娘外出，鐵皮檔口外有一個穿着白衫黑褲，紮一條長辮的年輕女子，坐在木頭小板櫈上彎着腰肢唸書。「溫、吐、飛、科、快乎、息時。」

喬治擦得光亮的黑皮軍鞋停在小板櫈面前，女子的眼光從書本移向軍鞋，再向上移向站得筆挺的喬治。

「你在唸甚麼？」喬治好奇地看着她手中薄薄的讀本。女子回答：「英文的一二三四五六。」後來，喬治才知道，它是陳湘記出版的《英文粵音註讀速成》，英中對照，專為在半山「打鬼佬工」的人編印。殖民地時代初，只有這本陳湘記學英語。

就這樣，慧賢坐着唸書，喬治站着等。見他等了半天，縫娘還未回來，慧賢忍不住問他有甚麼要縫補。喬治指指右手袖口脱線的位置，慧賢微笑：「太容易了。」她從口袋中掏出針線包，就這樣，慧賢繼續坐着，喬治繼續站着。不消半分鐘，袖口補得完好。喬治問費用多少，慧賢搖搖頭，重新唸書。

喬治晃頭晃腦離開，翌日開始，他常常都來，都來看她，當起她的英文老師。

湖邊忽然下了一場小雨，泥土散發出黏稠的味道。慧賢看着一頭霧水的符明學說：「你們一個教我中文，一個教我英文。」她的目光，停留在剛離開泥土的蝸牛。然後，慢慢移向湖面的薄霧。

第十一章 尊重

慧賢當年來到順德，一心要找符明學。可是農村通訊落後，鄉親都沒有他的消息。她本想留在順德一邊打工，一邊等符明學。慧賢結識了一群以繅絲為業的女孩，她們勸她還是快點離開，官官相衛，怕那位村幹部新郎追來。她們告訴慧賢，絲綢業式微，當地一些本來以繅絲為業的女子為了維持生計，都紛紛到南洋或香港澳門等地當女傭。這些女傭被稱為「媽姐」，是大戶人家所請的工人。大戶人家出手闊綽，五六十元月薪，與電車司機或普通文職相若，薪水比工廠女工更高，買得起幾十袋白米，夠吃夠穿，還能寄錢回鄉。

慧賢心想，如果她就成為家中的一分子，除了每個月「出糧」，她還能住進僱主家中，包食宿。她雖然和其他媽姐不一樣，並非打算梳起不嫁，但在未找到符明學之前，何妨一心一意打住家工，圖個安穩？她連夜和幾位順德女孩，偷渡到香港。

慧賢這時候才入行，算是有幸有不幸，趕及尾班車。但在七十年代起，香港開始輸入外傭，媽姐多了競爭者，加上工業化之後，順德女孩來到亦可選擇做工廠妹，使這行業衰落。

順德女孩的姊妹都在香港當媽姐，互相照應很快為慧賢找到僱主。可是，幾乎每戶都說要帶孩子，僱主問她有沒有帶過孩子，她心想二十歲出頭，未生過孩子，怎會有經驗？不過，她理直氣壯說：我在鄉下家裏有弟弟是我養大。僱主打量她一會，便請了她。

慧賢來到半山羅便臣道的爵士府，這家人已有另外兩個媽姐在，逾千呎的大宅，三個身處同一家宅，分工合作，做好自己本分，你拖地，我洗衣，她煮飯，有人要幫忙，另一個人就有默契地自動補上。平日忙東忙西，還要照顧少爺。每天如保姆日夜看顧小孩，出入平安，起得比所有人早，睡得比所有人晚。

當時全民大饑荒人人捱餓，國家又不讓人帶生米進口，她很惦記弟弟，認識了在酒樓打工的鄉里，把煮剩的飯焦混生米帶回鄉，又帶十斤八斤豬肉和生油回去，大包小包接濟家人。僱主見她鄉下貧乏，後來便讓她帶幾匹布回去造衣造褲，甚至讓她帶少爺穿不下的舊衣回去。

她喜歡將薪水用來買金粒，然後用一條腰帶把這些金粒串起來，怕將來重遇符明學，生活需要用錢。平日，她喜歡到順德酒樓，和侍應串串門子，打探最近來港的人之中，有沒有符明學。

就在這時候，她認識了喬治。

雖然僱主不是洋人，但慧賢仍然很用心學習洋文。主要的原因，是為團圓作準備。她怕要搬出住家，開銷一闊三大，略懂一點英文，到時找份工作亦容易。

喬治每逢有空，就到順德酒樓教她英文。孤家寡人，身邊出現如此一位長得標致的女生，他自然一見傾心。兩人雖然出生地點不同，但背景相若，同樣家貧，同樣離鄉背井，漸漸成為密友。但他只是把感情藏於心裏，並沒有宣之於口。

慧賢常常會與喬治分享工作上的點滴，例如：一個工人能擔當甚麼角色？最基本的層次，是執行主人的指示，造飯洗衣，抹廚房洗廁所，確保家居一切妥當。高層次的，是對這個家有愛，視人家兒女為自己的兒女，對有些家裏事情甚至比主人更着緊，更高層次的，是主僕二人還會偶爾互訴心事。

爵士是一個很懂得尊重別人的人，即使她地位卑微。爵士在政府舉足輕重，每天放工回來，都是一個人在書房閉目養神，夜深才回到睡房休息。慧賢總是在休息前替他換一杯暖水；爵士定必跟她道謝。

爵士有時會跟慧賢說一些不着邊際的事。例如，他有一次說，自己是香港出生，手執的是英國屬土公民護照，但他不肯領英國本土公民護照。他說：「如果我領取了英國本土公民護照，在中國領導人面前，我不敢反駁他。我在香港出生，所以我是英國屬土公民，這不是我的選擇，是我父母選擇讓我到甚麼地方出生。」他不領取英國本土公民護照，是要在中國人的面前站得起來，不是為了自己。他說自己背負歷史任務，一定要無愧於天地。

有一天，他的疲憊似乎比往日更甚。眉頭之間，深深鎖出一道沉重的坑紋。爵士抬起眼睛，對慧賢說：「他說，他不做李鴻章。」慧賢挑起眉毛，沒有問他，誰說這句。她心知肚明，當時是中英談判交涉中。爵士認為，當時中國經濟落後，如果收回香港，香港會大亂，所以一定要和中方談判，想以主權換治權。當時他們做過民意調查，香港人覺得主權換治權是一個好安排，所以，爵士向北京提出，後來，令人以為他是親英。到四輪談判後，主權換治權沒有甚麼談判餘地了，怕香港人雞飛狗走。

後來又有一天，爵士問她：「你總是穿中袖衫，這十多年還是這幾件灰灰藍藍的衣衫。」慧賢忙不迭拍拍自己的中袖大襟衫：「習慣了，這布料耐皺。」爵士嘆氣：「是習慣。香港用一百多年來習慣了殖民地身份；將來又要用多少年重新習慣？」慧賢微笑：「我一個小婦人，不懂甚麼政局。但聽起來，倒像一個兒子被養母交還給生母。」爵士拍手稱讚：「對，這當中必然產生矛盾，雙方自然是需要一點時間。只要香港享有高度的自治權，包括行政管理權、立法權、獨立的司法權和終審權。政府由當地人組成，現行社會、經濟制度不變；生活方式不變。重回生母家的兒子，會慢慢適應。」慧賢一邊側着頭聽他的話，一邊把玩着自入行就沒剪短過的一把長辮，似懂非懂。

這時，剛好爵士太太走過沒掩上的房門，看見主僕二人談笑風生，沒有甚麼表示，只是轉身離開。翌日，太太告訴慧賢，身處英國讀寄宿學校的小少爺，在倫敦住了三個月，起居飲食無法自理，想慧賢親自過去照顧。

慧賢告訴喬治自己要走，喬治知道機不可失，馬上約她出來，在茶樓見面。她見喬治瘦了，便問候：「最近邊境工作很忙？」喬治支吾其詞：「我下個月會調職，守難民營。」慧賢悵悵地吐一口氣：「人與人之間，終須一別。」

喬治鼓起勇氣，說：「可以不離別的。你覺得，我們結婚，如何？」慧賢一聽，怔住了。她低頭，用指尖緩緩轉動粗糙瓷杯，很久很久，她才結結巴巴說：「我一直把你當成我親哥哥。」

空氣像是凝滯了，彼此不知道如何再說下一句話。喬治舉起抖震右手，飲盡茶杯內像墨汁的普洱茶，舌頭上充滿濃得化不開的苦，直至很久之後，仍未散去。

從此，他一生再也不飲普洱。

到英國之後，慧賢身在異地，只懂簡單英語，出入都是離家幾街之隔的超市和麵包店。有一天下雪，她多走了幾條街打算看風景，卻不幸迷路，身上沒電話沒地址，只有麵包袋上印了一個地址。

冬天的英國北風呼嘯，寒風刺骨。忽來一場風雪，伸手不見五指，樹上光禿禿的，慧賢在寒風中直哆嗦，四周沒有行人，只剩她一人硬着頭皮和風在奪路。風很大，她不辨方向，逆着風向前走，走上三步，倒退兩步。忽然想着，怕孩子回來看不見自己不知怎辦，更是心慌起來。她想起，鄉下淺灘上那些背着縴，逆水行舟的縴夫。她便往前斜着身子，學他們的步法，一步一步和風拚命。

這樣，果然好了些。但是一路上夾着粉末似的雪塊，被風捲起來，往她臉上打。眼睛裏耳裏鼻子裏嘴裏，甚至牙縫裏，滿是雪；不必說，臉上又是疼又是冷，愈冷又愈疼。

冷颼颼的風呼呼地颳着。光禿禿的樹木，受不住西北風襲擊，在寒風中搖曳。這時，她想起一個她在收拾小孩舊書時看過的安徒生童話。第二天清晨，這個小女孩坐在牆角裏，兩腮通紅，嘴上帶着微笑。她死了。在除夕夜冷死。新年的太陽初升，照在她瘦小的屍體上。小女孩坐在那兒，手裏還捏着一把燒過了的火柴。

她的睫毛被風雪冰封，兩眼睜不開，是因為冰雪凝固而黏上眼皮，還是太虛弱不能撐開眼皮？她的腦海中浮現一個每天趴在窗外的女生，偷看淳樸幽默的青年講課，他用粉筆謄寫黑板，深深的黑……她漸漸失去意識。

湖面幻象消退，陽光漫照在未央湖畔。

「你看，女人多笨！」若雪的聲音忽然在耳邊亮起，沉思在慧賢憶想片段中的彥晴，猛地從湖上的幻象裏抽離。突如其來的出現，居然沒有令他感到害怕甚或驚訝。即使對方三番四次說要殺死自己，他的內心就如未央湖的水面，僅僅是蕩漾着一圈圈漣漪……

「她到死時才知曉，世事並非理所當然：她理所當然地認為符明學畢業便來娶她；她理所當然地以為符明學很快便在香港找到自己；她理所當然地覺得自己最終能重遇符明學白頭偕老。」

「你怎麼來這裏？」彥晴本能地後退兩步。若雪看是好笑：「那你呢？你為甚麼要在這裏？為甚麼你是被挑選的人？你是不是那個我尋找了一百八十年的人？」

彥晴忍不住譏笑：「你難道不也是為一個男人而放不下？」若雪收起寬

容，綳皺出一臉冰霜：「笑話，我才不是為那些可笑的愛情。這許多年，但凡有關當日我們慘被滅門事件的一切，我都有興趣知道。」

看着她這樣子，有點令人難過。雖然他只和她相處幾天，但從小為了生存而學會觀人於微的他，知道這女人品性不壞。記得，她是曾經在冬天往寮屋區派圍巾的善人。她，就是個性不行。不是太沉溺就是太疏離，忽冷忽熱，忽鬆忽緊。彷彿意志力驚人，又彷彿閒散得嚇人。根本難以把握住她的心思，跟她相處像隔了層甚麼東西。

若雪迴避他溫柔的眼神：「你別露出一臉可憐我。我最討厭這種神態，別忘了，我是打算殺死你的女人。」

彥晴似乎一點都不在意：「你知道為甚麼可憐的小女孩在新年的第一天，被人發現凍死在了牆角，臉上還帶着笑?」

「別告訴我，是她曾經看到過多麼美麗的東西，她曾經多麼幸福，跟着她奶奶一起走向新年的幸福中去。現實裏，凍死是凍死，這不過從側面反映出資本主義的黑暗。」

彥晴揚眉：「還以為你這個接近二百歲的女人沒看過安徒生童話。」若雪眼中升起一陣得意：「本小姐聰明，這一百多年的歲月足夠我看中外名著和國際影畫。」

彥晴不忿：「但其實這裏蘊含着一個很重要的知識點：被凍死的人常常會出現微笑現象。」若雪抿嘴：「別說到自己很清楚死人！死去的人，得到解脫，所以微笑。」彥晴搖頭：「和情感無關，和科學有關。」

他告訴若雪，這是因為在寒冷的環境裏，雖然一開始會感覺到冷，血液流向肌體的深層，減少熱量的散失；但隨着體溫下降，血液會第一次重新分佈，大腦會非常興奮，這就導致人往往會出現喘息、呼吸及心率加快，而且躁動不安。當體溫再往下下降，在丘腦下部體溫中樞的調節下，皮膚血管突然擴張，大量血液會流到肢體末端。這時體溫雖然一直在下降，皮膚感受器卻有熱的感覺。

也就是說，當人在極度寒冷的情況下，突然感覺到溫熱，也就是大腦在發送危險信號。而且因為是在寒冷的情況下，感覺一種非常舒適，和之前完全不一樣暖和感覺，所以神情會放鬆，甚至會帶上滿意的笑。另外，在凍死之前會出現幻覺，這是由於大腦和視網膜之間信號開始發生障礙，會出現非常柔和的色彩。

「所以，賣火柴的女孩是因為體溫過低而產生幻覺，面帶微笑死去。」若雪一臉認真思考。她死的時候，卻沒有見過色彩，也沒有感覺幸福……

此刻在彥晴眼前，若雪內心的風景，有一座讓人走不出來的森林。森林裏明明有讓人陷入絕境的黑洞，但又迷離得讓人誘惑不已。不是風光明媚，卻是如迷夢神秘伴隨。若雪既聰明卻糊塗，總是讓人又氣又愛。也許，他已不能走下她的舞台。

「你剛才說，但凡有關當日慘被滅門事件的一切，是甚麼意思？」

若雪閉上眼睛。

貨倉裏密集裝箱，讓人看得眼花繚亂。在紅鬍子離開之後，男人瞬間靜默下來。若雪問：「那洋鬼子說了甚麼？」男人從喉嚨中沙啞地說：「他叫我……帶你去見你父親。」

若雪當時並不知道洋人下令要殺死自己，臉上還天真地問：「我父親和同鄉們都沒事吧？」

男人沒回答，只是扶着若雪，想帶她離開貨倉。「這批貨，到底是甚麼？」若雪一臉疑惑，停下腳步。

男人看着她説：「他們曾以為賄賂就能打動新來的欽差大臣，偏是那姓林的大官，就與歷來官員不同，視錢財如無物，警告説如有帶來，一經查出，貨盡沒官，人即正法。他寫信給維多利亞女王，質問她明知這上東西有害，卻在其管轄的印度種植生產，批准國民與中國進行貿易。據説，他們打算在虎門解決！」

「他下令十三行內所有華人遷出，斷絕通訊，斷水斷糧。現在十三行內有三百五十名外國人，還得親自去烹調、洗滌、鋪床、擦燈、挑水、擠牛奶。砵典乍先生現在很不高興，對中國人恨之入骨。你還是……跟我走吧？」

若雪無法相信這男人的説話：「你剛才的意思是，我們一代忠良，居然幫你們在害人？」

彥晴此刻終於明白，他嗅到的東西，那股不尋常的濃烈味道，是鴉片。

歷史課本記載，林則徐把英國商販被驅逐出境，次日十三行的英國人亦撤到澳門。林則徐本想將鴉片運回京師銷毀，不過為防鴉片被偷偷換掉，決定就地銷毀。

「時間無多，你快跟我走！」男人拉着她瘦小的手臂，這時，貨倉大門被外面看守的人打開，開門的人往內左右看了兩眼。

他發黃的汗衫濕透，汗流浹背，看是獨個兒剛剛完成一件大事。「押鏢隊的屍體都已統統掉進大海，砵典乍先生問，要不要我來幫你處置她。」

若雪登時怔住，絕望地看着男人：「這人在說甚麼？我的家人，我的鏢隊，他們……他們都死了？是你害死的……」

若雪胸中一陣悶，突然犯上作嘔，不知道是因為滿室洋溢着古怪鴉片味，還是因為她想起，幾十具染血的屍體在腥紅海上飄零。

這時，守門人從腰間亮出一把短刀。

「你說，要帶我去見父親……其實，你是想——殺死我？」若雪臉色刷白。

男人的眼瞳中，流露出非常複雜的情感。

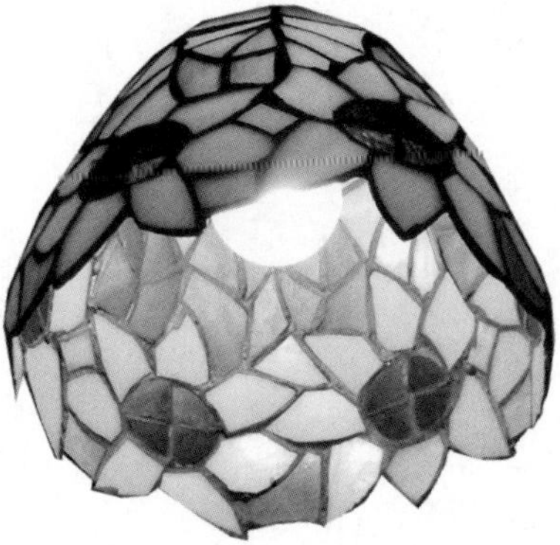

第十二章　等待

彥晴看着沉思中的若雪，同時也重溫了她的回憶。他萬料不到，她的滅門故事，和虎門銷煙攸關，更和香港有關。如今，他終於明白，為甚麼她來聽慧賢的故事。若雪痛失親人，是因為洋人走私鴉片而起；中英聯合聲明，正好是南京條約的結局。當年爵士靈魂歸天，她也許亦有與他會面……

彥晴問若雪：「爵士跟你見過面吧？他可有向你說過甚麼？」

若雪有點訝異，抬起眼睛：「我們的確見面了。事實上，我雖然是身處一百八十年前，但在亂七八糟的當下，我反而不及局外人，對南京條約的事那麼了解。我問過爵士，他曾經很詳細地研究南京條約事件，所以補足了我的認知。林則徐決定於虎門公開銷煙，英國商人在撤離廣州及澳門後，便於維多利亞港尋找棲身之所。英國商人代表查理上校及其堂兄喬治海軍少將率領軍隊遠征，後來砵甸乍取代查理，戰事持續，清廷承認戰敗，雙方簽訂南京條約，香港自此正式割讓予英國。」

「砵甸乍？」彥晴記起那個說要殺死她的洋人。「爵士可有跟你說起這人？」

若雪揚眉：「我自然有追問。爵士形容，他是一位激進分子，年青時曾自發組織自願軍團，後來因為家庭陷入財政拮据而中途輟學，與四名兄長前往東方尋找發展機會。」

「原來是激進分子。」彥晴黯然。他的腦裏，閃過一幕押鏢隊的屍體，一浮一沉，在大海上漂浮。

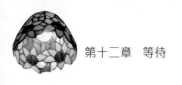

若雪嘆氣：「條約中割讓予英方的香港更被他們形容為『鳥不生蛋之地，一間房屋也建不成』。砵甸乍本來就與商人勾結，才會害我全家喪命。其後維多利亞女皇頒發《英皇制誥》，正式任命他成為香港首任總督。他上任後，成立香港政府，設立了行政局、定例局和最高法院。」

彥晴心中升起疑問：「他是甚麼時候死的？你大可在他死後為家人報仇雪恨！」

若雪眼裏充滿怨恨：「當初，我的魂魄曾經在虎門游走了很久很久，後來遇見一位身穿黑衫，年約三十歲的英挺少年。但見少年，虎眉入鬢，朗目有神，滿額方頤，挺鼻朱唇，一望而知是一位個性剛烈，又富俠心的少年。他不是普通遊魂，而是死神。他說，希望我在這邊不要逗留太久，別在人間當孤魂野鬼，得不到供養。我跟他說，家人都死了，供不供養有何分別？」

她求死神讓我多留人間一會兒，於是他答應給她一天時限。她利用那段時間，潛伏在英國的商船上，想把砵甸乍殺死。然而，當她知道這人已領命到香港，她便決定違背與死神之約，離開虎門。

「我千辛萬苦來到香港，餓得頭昏眼花。一般留在人間的靈魂，可以受神主牌位讓人供拜，但她無家無主，只好在墓園流浪，撿拾其他遊魂吃膩而丟棄的香火。她後來發現有一個紅毛墳場。埋葬於此墳場多是基督新教信徒，英國人及日本人居多。這裏的墳墓多為線條簡單的大理石墓石，頂部是簡單的圓邊或三角邊，當中某些墓碑刻上複雜的圖案，有凱爾特式、拉丁式和亞美尼亞式的十字架雕塑。她和其他孤魂一樣，最喜歡作弄一種人——為爭家產而各懷鬼胎的人。他們拜祭時，裝出淚流滿面，實情口不對心。他們總是帶來豐衣足食，可憐那受供養的祖先看不過眼，食不下嚥，叫旁邊的孤魂們統統前來分走香燭貢品。湊熱鬧時總不免有頑皮鬼，他們會作弄這些子孫，而子孫的祖先亦樂見他們受一些小懲大戒。」

她很喜歡這個地方，尤其是墳場後方的教堂。教堂是一座單層建築，建有扶壁、三角山牆、圓窗，尖拱的門窗及正方形的裝飾線條。屋頂為雙坡頂十字形，據説是都鐸復興式建築風格。有時候，她會在這裏，想像如何潛入總督府把砵甸乍殺死。

一輪明月，高掛中天，正是子夜時分，光華如練，直射在墳場北面的一座墓碑上。墓碑卜爬了墨綠藤蘿。在縱橫糾結的藤蘿下，隱約現出一雙眼睛，在皎潔的月光下，可以清楚的看見眼眸中的冷鋒。一片山墳，陰氣森森，就在這時，枯葉飄落，塵土紛墜，氣氛突然變得駭人。剎那間，沙石橫飛帶嘯，塵土沸揚，地暗天昏，飛出一道黑影。黑影既不是毒蛇，也不是猛獸，是要來捉若雪的死神。

終於來了。若雪開始顫抖，她後退兩步，籌算脱身的方法。此時，死神厲喝聲中，飛身一縱，站在她面前。

若雪亦不是泛泛之輩，跟着鏢局師傅們練功多年，加上如今沒有肉身，輕

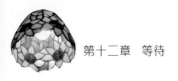

如燕的她彈跳開，縱身逃亡。她不但踏枝掠樹，且飛馳在墳墓的石碑間，就像疾游在水中的快魚，忽左忽右，飄逸自如。

死神千百年來專捉遊魂厲鬼，他一聲嘯罷，雙袖揮拂，宿鳥驚起，穿越谷嶺，一劍直指若雪的背後，眼見寒芒四射的劍光快要刺上她的頸椎。忽見一位灰袍老婦人出現，飛身上前，左掌一繞，神光四射，將死神的劍握住，說：「放過她。」黑衫少年，看見是她，先是一怔，接着收起冷劍。

老婦人朝若雪說：「人有三魂：靈魂、覺魂、生魂。人若死後生魂會消滅，靈魂就依因果循環六道之中輪迴。在忘泉，靈魂和覺魂便會合一；再到人間，舊覺魂消滅，再新生一覺魂一生魂投胎。你留在人間太久，終究不是好事。」

若雪搖頭：「我不想轉世。」老婦人微笑：「那好吧。我剛好需要一個車長，你願意來幫我？」

若雪幽幽地說：「從此，我住進了石板街車站。」彥晴追問：「老婦人是誰？連死神也怕她？」若雪微笑：「我這一百八十年來，沒有再見過她。」

「我以為，只要我在車站一段時間，一定可以找機會害死那個可惡的洋人。可惜……」若雪告訴彥晴，砵甸乍當時擁有很大權力，後因招致駐港英軍和英國商人不滿，結果備受孤立，很快卸任總督一職，返回英國，成為任期最短的港督。退休後他旅居地中海島國馬爾他，準備啟程回國前去世。由於他死的地方不是在香港，他的靈魂搭乘的列車根本不在香港出發。

命運弄人，她等不到她的仇人。彥晴說：「但，你仍然選擇留在這裏？」

若雪看向站在湖邊的符明學和慧賢。他們兩人在這裏重逢，也許是一種安排。「大部份靈魂到了總站，自覺後悔，都會跟上天說：再給我一次機會吧。這就是，它們乘搭這列火車的理由。生命回顧之後，大都要重生，而不是解脫。」

彥晴追問：「你呢？為甚麼不想重生？為甚麼要留在這裏？」若雪半瞇着眼睛，看向未央湖的中心：「你覺得，如果林則徐知道有南京條約的恥辱，如果鏢局老闆知道會死於非命的結局，他們還有沒有一笑泯恩仇的勇氣？」

她有千百個留下的理由，但最重要的原因，不是固執，不是報仇雪恨。她原諒不了殺她的人；再者，她最不能原諒的人，偏偏是自己。她不願重生，是要自我懲罰，令自己永遠困於悲憤。

彥晴彷佛能感受她內心的脆弱，並不如她外表一般堅強。他定睛地看着她，若雪大概感受到這份注目的溫度，但她不想接受憐憫，刻意提高聲調指向湖心：「神說，未央湖千年不曾乾涸。可是，自從你出現之後，它的湖面面積卻明顯減少。」

彥晴猛然回神，問：「湖乾涸了，意味甚麼？」若雪聳聳肩：「紅榴說，如果這湖乾涸之時，我大概要灰飛煙滅。」她說得是如此淡然，彷佛和自己完全無關。

就在彥晴內心再一次為她感到悲慟之時，喬治和符明學爭執的聲音鑽進他的耳朵裏。

「慧賢每次來拜祭，都會跟我談天。但她談及的，都是你。說有一天在街上看見像你的人；說有一晚在夢中又見過你。」喬治質問符明學：「你這人太窩囊，為甚麼找了四十年仍找不到她？」符明學反問：「我和她之間的事，與

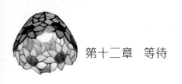

你何干？」喬治氣上心頭：「我是放不下她，才在火車上留到現在。」

站在一旁的慧賢愣住。她想起自己，孤家寡人能安享晚年，談何容易？生前幾年，常常遇見不尋常的巧合：或有人幫忙她提重物回家，或從午睡中驚醒把煤氣爐關好，或忽然心血來潮想起入屋時把門匙忘記留在門外。「我以為替一個朋友守墳，原來一直守護我的反而是墳裏的你。」慧賢眼中有點激動。

彥晴記起，當初見喬治，他提及車長每次都讓他到人間買點整修補給品；若雪曾揶揄他別有用心。原來，他一直在照顧慧賢。

喬治憶述，他是最後一代駐守越南難民營的啹喀兵。對彥晴來說，他只知道有越南河粉，卻不知道有越南難民。

二十萬越南難民來港的畫面，是喬治年輕時的記憶。由一九七零年起，因為南北越戰爆發，流離失所的越南難民紛紛逃亡，有的來到香港，港英政府以人道理由，宣佈香港為第一收容港，越南難民在香港，會等待西方國家甄別難民的資格，符合甄別標準就可轉往如英美加等國家定居。數以十萬計的越南難民，住在難民營，有足夠糧食和床位，更有人替他們找工作。正值香港工廠北移，本地工資漸貴，需要大量工人。結果，一車車越南人被送到深水埗、觀塘等地方上班，有的做製衣、有的跟車搬運，甚麼都做。

喬治負責監管難民營，每當有大批越南難民登岸，逃難的人個個蹲下排隊，等候分配床位入住。難民都是隨機分配，認識不認識的，都會被安排同住一個大房，各人睡碌架床，共用廁所廚房。在難民潮後期，外國政府開始減少收容香港的越南難民，港英政府在實施「甄別政策」：因戰亂逃港定義為「難民」；因經濟困難來港則是「船民」，後者被視為非法入境，不能轉送至西方國家，需要遣返越南。他們當中，自然有人不情願被送走。

喬治記得，最後感受到陽光的熱度的那天，是五月，是初春，是生機蓬勃的時節。他懶洋洋地守在哨崗窗前，忽然，哨崗後方火光熊熊。

在他還未來得及反應之際，近千名準備遣返的越南人，突然手持自製武器衝擊營房，並到處放火，營舍大半範圍遭波及，幾十輛車受破壞，有些懲教署職員還被挾持。後來他們聯同警方，動員逾兩千人鎮壓和發射逾一千八百枚催淚彈，多人重傷。這時，大批越南人在混亂中逃出營外到馬鞍山市鎮一帶，警方在當地設路障截查車輛，區內交通癱瘓。喬治當時亦有參與追捕，他跟蹤一個疑犯，登上從馬鞍山前往九龍的一輛巴士，但因為懷疑對方身上有武器，怕危及車上無辜乘客，他於是不動聲色。那人垂下頭迴避喬治的目光，喬治死命盯着他，不讓他離開自己的視線：萬一讓他逃出市區，會有更大危險。

巴士穿過獅子山隧道，隧道內的黃燈，跟隨巴士的速度一格接一格，車廂內一閃又一閃，乍明乍暗，他的腦海中忽然閃過家鄉的尼泊爾寺廟，那些忽明忽暗的燭火。他很多年沒回家，時間彷彿過得很快又彷彿很慢，下次放假要申請一個長假，不能讓人生停擺。出了隧道，他回到現實。不知道甚麼時候，那疑犯居然混進了準備下車的人堆之中。巴士很擠，在巴士到達旺角時，喬治尾隨疑犯下車。他緊隨其後到一條濕漉漉的小巷，卻不見對方蹤影。正想轉身離開，腦蓋被人大力猛擊，他感到一陣冰涼從頭頂滑下，血腥湧到鼻腔，後腦着地，雙眼直勾勾盯着舊樓某層窗戶的兩盞燈。他依稀看見一雙清澈的眼瞳，然後想起慧賢，然後想起尼泊爾寺廟那些忽明忽暗的燭火……

「四日後，我的同事到營舍搜查，搬出兩千件自製武器，還把早前逃跑的人都抓回來。可惜，我已經無法看見。」喬治說話中仍帶有一點惆悵。直至香港主權移交，特區政府取消第一收容港政策，越南難民中心亦陸續關閉。

彥晴一邊聽一邊想：這些明明不過是二十年前的事，卻彷彿像遠古歷史一般遙遠。時間，實在是很可怕的洪流。

然而，一段感情能超越洪流，甚至超越生死，那會是如何的壯麗？彥晴細細思量。或許，連等待，都是一種安排。慧賢等待符明學；喬治等待慧賢。在車上過期居留的靈魂，之所以不願輪迴，是否都為了一場等待？

喬治似是有意無意在回應他：「起初，我留在這列車上，是為了尋找兇手。我深信，我會等到那位把我殺死的越南人。但後來，慧賢常常來掃墓祭祀，聽她碎碎念念說生活瑣事，年復年月復月，戾氣漸漸消退，到底是誰殺了我，彷彿不再重要。」喬治看向慧賢。

慧賢憶說在英國雪地上昏迷不醒：「當日有一位英國婦人發現了我，把我送到醫院。在醫院裏，言語不通又看不懂電視，我忽然生起想逃回香港的念頭。」慧賢回到香港，她本來可以回去爵士府當女傭，但想到，正是那位心胸狹窄的爵士夫人，幾乎害死了她，便感到異常難受。於是，轉到另一戶人家打工。她安頓好之後，卻發現原來在這次越南難民暴動中，喬治被襲，重傷離世。

後來她找到墳前來，在發黃的芒草之間找到白色的靈位，她動手去清理一下，卻被乾草刮傷了手，痛在掌心，眼淚不自覺流下來。這該是她來到香港之後第一滴眼淚。她離鄉背井，沒有哭；她涉水偷渡，沒有哭；她獨居英國，沒有哭；甚至無了期等待符明學，她亦沒有哭。居然，她為了這位異鄉人而傷感，不是因為手裏覺得痛，而是因為這個人並不是想像中的虛無，卻是像手上的痛楚，非常實在。

這時，若雪冷傲得像女皇一般走過來。「你哭，是因為感到委屈。」她跟慧賢說：「爵士在忘泉站下車前，念念不忘託付我，如果他日得見，要跟你說一句話。因為他的妻子多疑，把你送到英國，還失蹤了。他耿耿於懷，很想說聲：對不起。」

語音剛落，慧賢的淚水瞬間如決堤般崩潰。她一生光明磊落，就是不想負上這不明不白的污點。尤其，在這位最懂得尊重別人的爵士面前。這時，在她旁邊的符明學，把她輕輕擁入懷。兩人像害羞的少男少女，在斜陽下依戀。

彥晴猛然想起剛才若雪的話：如果未央湖乾涸了，靈魂大概都要灰飛煙滅。這樣的話，喬治根本不應再耽擱。彥晴曾以為他是因為當日客死異鄉，自覺沒有面目去見鄉親。誰料，他是默默在暗中照顧惦記的女人。

他悄悄把喬治拖到一旁，問：「你可知道，未央湖漸漸乾涸？」喬治有點錯愕，看向站在不遠處的若雪：「那時候，我不肯轉世，車長收留了。她告訴我，未央湖千年不涸；但若然乾涸，我們將會永不超生。」

符明學這時走過來：「雖然你這人不懂禮貌，當眾辱罵我窩囊；但你的確是真君子，在我蹉跎了四十年的歲月中，日日夜夜守護着慧賢。」喬治愣了一愣，為着符明學這舉動而感到驚訝。

在車上，日出日落，他們靈修了一課人生。

慧賢上前，朝喬治微笑：「今次就不要回去人間了，跟我們一起在忘泉站下車吧。不用害怕去見你的鄉親父老，有我，有符明學，讓我們成為你的家人，今生，來世，再來世。」

喬治眼裏滾出激動的眼淚，模糊了眼前的景象，只有夕陽光澤帶來的喜悅。他重重地握緊符明學的雙手，還有符明學掌心裏慧賢的小手。他很想答應，但又顧慮，偷偷看一眼若雪。畢竟，他是她的下屬，不能高興就留，不高興就走。

第十三章 承擔

若雪揮袖：「我說過一百遍吃膩了瑞士雞翼，你卻屢勸不聽。現在我要解僱你，到站後，快快滾蛋。」她匆匆轉身離開。雖然，她努力收藏情感；但卻逃不過心思縝密的彥晴。此刻，他注意到若雪嘴角上揚，踏出輕快的小跳步。

列車上的過百名乘客，魚貫在忘泉車站下車。喬治是最後一個下車的，他向在車上曾經共事的靈魂，苦心叮囑：「你們考慮一下，總勝過有一天魂飛魄散。」

喬治眼中泛起淚光，向大家揮手。然後，消失在車站外的雲霧中。若雪猶記得，喬治當年來到她的火車上，苦苦哀求要留下來的情景。一晃眼二十多年，她亦有點捨不得。在往後的日子，她是否亦要送走林師傅、宇軒，甚至自己？

「即使未央湖見底，老子亦不會離開。」林師傅振振有詞。在旁的宇軒亦說：「我覺得，這大概像地球暖化的情況相似，不會馬上乾涸，我們還可以等一下。」

「或許真的和地球暖化有關。」彥晴說：「如果這裏和人間互有牽連，人類破壞自然環境，導致地球暖化，氣候突變，會否影響未央湖？」

若雪冷笑：「你可知道，未央湖是這列火車的泉源，亦是最重要的能量。但它並非實體，亦非幻象，卻是由無數靈魂的念感所生，他們的淚水和汗水，成就源源不絕的湖水。」

彥晴陷入沉思，然後便說：「既然如此，當人類在生活上愈來愈倚賴科技，相互之間愈來愈少溝通，投放愈來愈少感情，靈魂在經歷一場人生之後，變得麻木，何來淚水汗水？如此，靈界的未央湖，會否如人間大自然，受到破壞而突變？」

聽彥晴的說話擲地有聲，當中的確有道理，但她暫且不想思量，只能搪塞：「這些知道了又如何？你是人類，我亦不過是遊魂，要去問神才知道！」

彥晴瞪眼：「神？我可以看見祂？」提起神明，若雪有點顧忌，沒正面回答他，只說：「近幾十年，未央湖是一點一點減少，一時三刻沒有影響。但如今湖水忽然少了一半，的確是有點奇怪……」

林師傅在旁邊清一清喉嚨，說：「實不相瞞，我覺得，只要總經理消失，說不定未央湖就可以復原。他，是你和未央湖的剋星。」

宇軒一聽便説：「林師傅你別亂説話，彥晴來到之後，車長的欠單少了，財務狀況也漸漸見好。彥晴，是車長的福星才對。」

若雪伸手：「別吵，我自有主意。現在人手少了，下一趟旅程，宇軒你兼任查票；林師傅，你幫手做維修。」林師傅拍拍胸口：「放心，我早年行船，略懂一些火輪船知識。這種蒸汽火車，是難不到我的。」若雪拍拍他肩膊：「靠你了。」

她用凌厲的目光，看向彥晴：「如今人手緊張，你就別指望離開。你要幫林師傅的忙，看好管房的白臉嬷嬷。」

彥晴一聽，心裏像踏空；但奇怪的是，他並不像早前那麼抗拒留下來。火車回到人間，若雪向車頭方向大叫：「喬治，我想吃雞翼。」她的聲音在車廂中空轉，才想起自己仍未習慣喬治已離開。

彥晴擦一聲打開房門，走向呆站在車廂出口惘然若失的若雪。他放輕聲線説：「下班，我又剛好肚餓。你……要不要跟我去吃點東西？」

若雪微笑，馬上回到套間，把中長款西裝外套往身上穿，純藍色調，沉穩不浮誇，如風衣般包裹着身體，散發一種女王氣場，加上立體修身收腰，雙紐扣的設計，簡約時尚。此刻，搭配同色九分長窄腳褲，視覺上拉長腿部線條，整體配搭彰顯出現代都市女性的自信魅力。

她非常滿意這打扮。每一次外出到人間，她定必精心打扮。即使是一個二百歲的女人，亦不要老氣橫秋。她討厭那個曾經盲目相信男人的自己，她討厭那個一生為父親為兄長擔負起鏢局的自己。她要趕上潮流，只為自己而活。

彥晴帶她來到一間吃燒烤放題的小店。「燒烤是香港人熱愛活動之一，但是要動手在野外搭爐加炭，非常麻煩。」彥晴一邊帶她進去，若雪看見斗大字樣：燒雞翼，情不自禁唱了兩句：「燒雞翼，我鍾意食……當年一齣《唐伯虎點秋香》，星爺將這句歌詞唱得琅琅上口。」彥晴訝異地看着這位小姑娘，沒想到她把港產片看得滾瓜爛熟。

若雪懂得讀心，她微笑：「我這個遊魂，就是一部香港近代歷史。」彥晴想了一想：的確，從割讓香港到回歸後的當下，她，歷盡鉛華。

入座後，用錫箔紙封好的食物，還有生串燒，排好在木盤上，端給客人。

串燒種類繁多款，有齊豬、牛、羊、雞、鴨、魚。店家亦提供以洋葱、蒜頭、豉油製成的燒汁，可於燒烤時塗上，另有海鹽、彩椒味、孜然粉等可供客人自行調味。

若雪看得花多眼亂：「看，這裏牛肉款式特別多，有美國安格斯牛肩胛、西冷、牛肋腩、牛板腱、牛舌等等。」彥晴問：「你喜歡吃牛？」若雪點頭：「在我出生的年代，牛肉太貴。」

「即使我們民間富戶傳統宴席，最高規格的滿漢全席，有燕窩、魚翅、魚唇、海參、蟶乾、三絲以及各類肉食，但主菜仍為燒全豬或全羊。」若雪看着熱氣騰騰的串燒牛肉。「你喜歡喝酒嗎？」

彥晴還未來得及反應，她便叫了一打啤酒。「你這樣是喝酒還是喝水？」

彥晴怔怔地看着桌面的酒。

若雪「啪」一聲拉開罐上的拉環，直灌入喉。她吁一口氣：「鏢局行走江湖，父親從小就教我練酒量。」彥晴搖手：「我不懂喝酒。」若雪瞪眼：「現在，男人都變成女人了？」彥晴正色：「現在保健教育意識好，酗酒不健康。」

「還是林師傅好，他才似男人，會喝酒。他常說：喝熱酒傷肺，喝冷酒傷肝，但，不喝酒會傷心。」

「哦……林師傅。」彥晴若有所思：「林師傅是因為甚麼原因留在車上？」

若雪自顧自咬了一口牛肋腩，嘟囔着很熱，然後說：「他嘛，很頑固，就是為了不值錢的面子。」

「林師傅當日登上砵典乍列車的第一句，是問我可否留在車上煮夜粥。」若雪啼笑皆非地說。要說林師傅，要先說朱愚齋。這朱愚齋，在報章工作，正因為他當年在香港拜了林世榮為師，雖然武功平平，卻立下大功：他把從林世榮處聽來的黃飛鴻逸事，在香港報紙連載小說《黃飛鴻別傳》，讓黃林師徒的故事，在香港流傳，甚至被導演拍成後來的黃飛鴻系列電影。當年只有二十歲出頭的林師傅，因為讀了《黃飛鴻別傳》，憧憬成為一代武學宗師。他千方百計，在林世榮徒弟所設的跌打醫館學師。

談起香港武林，若雪倒是特別留神，畢竟，她亦是武林中人。當年成為砵典乍列車車長之後，她每天接待很多被打死的靈魂。由此而發現，愈來愈多來自廣東一帶的拳師在香港出現。蔡李佛師祖陳亨反清，因秘密協助師兄陳松年領導的三合會，起義而被清廷通緝，迫得要先南逃香港後再前往南洋。螳螂拳宗師劉水，在清朝覆亡後為躲避戰火來港。後期，大量經濟移民南下，更多人選擇在香港落地生根。他們大多從事基層工作，再加上喜好武鬥，為生計常與人發生衝突，令武風盛行。上世紀的香港，完完全全是一個國術大熔爐。不管是南派的洪、劉、蔡、李、莫，還是北方的形意、八極、太極，都能在香港佔一席之地。他們在街市、酒樓、鐵路等各種各樣行業的工會中廣納弟子。全盛時期，香港國術武館最少四百間，習武者過萬。

若雪告訴彥晴，當年各門各派，規模各異。有資金有人脈的，當然可以找個單位設館授徒；但大部份師父都是南下避禍的，弟子們亦屬於勞動基層，連學費都難以負擔，作為他們的師父，哪有條件租地方？於是，有人在公園練拳，有人在碼頭，更多的，是在天台。一般來說，師父會先租用大廈頂層，然後順便佔用天台練習兵器、舞龍舞獅。

當師父堅持在生活夾縫中傾囊相授，徒弟自會知恩圖報、承擔義務。武館內人人情同手足，而為了幫補收入，幾乎所有武館都會參與節慶活動，舞龍舞獅搶花炮，成了大眾文化不可或缺的一部份，一代傳一代。另一種被傳承下來的傳統，是「食夜粥」。

若雪憶起：「昔日在廣州一帶，在教場旁邊通常建有火爐，作煲粥之用。鏢師們忙了一天，練完功，隨便抓一把米進瓦煲，加點水煮成稀飯就吃飽。來到香港，有些弟子由於白天要上班，來不及吃飯，晚間時段跑到武館上課，練完後身體又累又餓，卻不能消化大魚大肉。由於香港武館地方比廣州教場狹小，並不具備圍爐條件，於是以手推車售賣粥品的小販應運而生。他們特別喜歡在每夜十點之後，來到武館林立的地區擺賣。『食夜粥』的傳統，遂得以承傳下來。」

這時，彥晴終於明白，旺角佐敦油麻地的老字號粥店由來：武館附近的食肆有見於此，必然紛紛提供宵夜粥品。

若雪忽發奇想：「去，現在去吃一碗粥。」彥晴一愣：「你還可以吃？」若雪冷笑：「我不會餓也不會飽。」彥晴點點頭：「對，我忘記了你是鬼。」若雪駁斥：「我再說一次：我是靈魂，不是鬼魂。你如果看見真正的惡鬼，你自會知道分別。」

彥晴一臉無奈陪她來粥店，滿街檯椅，座無虛席。他們進店裏去，剛好有人離席。「兩位要甚麼？」粥店有位阿嬸，用一塊微微發黃的方巾抹了一抹他們跟前食桌檯面。若雪回答：「先來一碗皮蛋瘦肉粥；他要點時間想想。」

彥晴順手給她遞上一隻湯匙：「他們都能看見靈魂？」若雪搖頭：「不是所有人類都能看見靈魂。你，是因為紅榴石影響，所以能看見。而我們這些在人間逗留太久的靈魂，卻已經和人類的腦電波相連。你知道嗎？你所能看見的，都是在大腦中以感知形成的影像而已。」

彥晴皺眉：聽起來好像有點玄，細想又似是道理。「剛才，你說到『食夜粥』，林師傅在拜師之後，發生了甚麼事？」

若雪蹲下頭用嘴吹涼剛捧來的粥，抬起亮黑眼睛看向彥晴，說：「林師傅當年是後生，師父叫他和師兄建好天台外圍，電線、廁所都是他們自行建造。武館收入微薄，師父兼營跌打館。林師傅日間做魚販，放工來輪班買菜煮飯，跟師兄弟們吃過飯一起練功，直至午夜才散。就這樣，過了十年，他已經能掌握基本拳腳功大，而且亦開始幫他的師父在跌打館看診，敷藥、塗藥酒，看着師父行醫，耳濡目染之下，幾年他已可以獨自看鋪。」

這天，來了一位客人，他雙目炯炯，眉毛又粗又硬，頸項上和手腕上的金鏈比大麻繩還粗，前臂有刀傷，右膝蓋腫脹得像個大西瓜。林師傅看他的行頭，認定他是社團重要人物，但奇怪他獨個兒跌跌撞撞進來，身旁居然沒一個隨從。他甫坐下，林師傅馬上去關店門。還好，當時是正午，是吃午飯小休的時間，跌打館沒有其他客人。

他沒問甚麼，走到貼牆的大木架，木架上有一個個盛着藥粉的大玻璃瓶，有腰膝鎮痛散、消炎跌打粉、化氣通脈散等等，他拿下止血粉，一把壓在對方的前臂。「你先用另一隻手按着，一會兒便能止血。」接着，林師傅再用已經煮成膏狀的黑色藥粉，在對方的膝蓋上敷好，然後包上玻璃紙保護，最後再纏以紗布包紮。

「當玻璃紙變硬時，你可能會感到不舒適。」林師傅跟他說。那人點點頭，塞了一疊百元大鈔給他，說：「人人都叫我殺人王，哥仔，麻煩你了。我現在很累，要在這裏歇一歇。」

林師傅聽到「殺人王」三個字，心頭一凜，但外表依然故作鎮定。「殺人王」是附近有名的黑社會頭目，常常聚眾鬧事。武館畢竟靠拳頭為生，少不免會捲入江湖糾紛。比起人們憧憬的「踢館」較技，現實更常見是「幾十人持鐵尺西瓜刀，空群襲武館，刀光劍影混戰」。他的師父說過，不希望武館招惹黑社會人士，免成為毒窟，又或進行黑社會入會儀式的地方。

他走上天台，攤開帆布摺椅，半躺着望向天空。對林師傅此等貧苦青年來說，武館是不可多得的聚腳處。他，希望離對方遠一點；和暖的陽光，令他懨懨欲睡。一覺醒來，他躂躂夾着膠拖鞋到樓下，一看，人去樓空！殺人王走了，他重重吁一口氣。

然而，他完全沒想到，這位不速之客，將會是他的催命符。

三天後，當他為免跌打藥膏氣味太嗆鼻，而如常在後巷煮藥粉之際，忽聞前鋪人聲鼎沸。他隨手握起攪拌藥粉的鐵製長勺，收在身後，放輕腳步，推開通往前廳那虛掩的後門。

只見幾十個大漢在喊打喊殺，一班來求診的街坊婦孺雞飛狗走。

對方人多勢眾，師傅和師兄都去了新界舞獅；前鋪只三兩位剛入門的師弟。

「你們當中，到底誰在前兩天醫過殺人王？」他們在大叫。小師弟們面露難色，根本沒聽過有這件事。

「豈有此理，你們把人醫得半死不活，還不認？」有一位兇神惡煞的大塊頭，摺起衫袖，衝上前來揮拳，三兩下便把師弟們打昏。「老大昏迷前，說要來取他的命！」

林師傅練一招半式傍身，只為強身健體，加上天份不足，師父亦知他並非武打材料，做不成武師教他做醫師。如今眼見對方來勢洶洶，他一個人絕對不是這些大漢的對手。即使知道師弟們有機會被打死，仍只有躲在門後的份兒，不敢出去。

他悄悄關上後門，背着它抱膝坐在後巷。耳邊明明聽到醫館內外被打得落花流水，他卻害怕得連挪移雙腳的力氣也匱乏。

「為甚麼會出事？根本沒可能……」他反覆思量，當日敷藥後，「殺人王」並無異樣。這時，有人想破門而出，他馬上跑上天台，這時，只見大夥兒追上來。

「嘿嘿，原來還有你？你不但做黃綠醫生害了我們的大哥，醫生說他現在救不活；你這無膽小子，還害得一門師弟枉死，想活命？」

幾個人摩拳擦掌，把林師傅逼到天台的邊緣。他的背，壓在昔日和師兄弟一起合力搭建混凝土矮圍牆。他想起彼此一直守望相助，忽然感到被圍牆壓得很重，呼吸不來……

眼見對方要衝上來，他忽然轉身，跨過天台圍牆一躍跳下去。嘭——

他肋骨斷裂，全部從胸腔刺穿皮膚而出，面目模糊，倒臥在血泊之中。

第十四章　尊嚴

林師傅死的時候，砵典乍車站理容店外的紅白藍旋轉燈亮了一日一夜，店裏的技師投訴，花光了她的脂粉。

「林師傅一直念念不忘這件事，他不明白為甚麼自己會害了人，他不肯離開列車。他用的藥膏亦沒有甚麼特別，只是一般土鼈蟲、草烏、馬錢子、大黃、兩面針、黃柏、降香、虎杖、冰片、薄荷油、樟腦等，除了一味……血竭。血竭，由百合科劍葉龍血樹的樹幹木質部經提取製得的樹脂，活血化瘀，促進新陳代謝，加速淋巴回流；主要產自馬來西亞、印度尼西亞、伊朗等地。很多年後，他發現尚有來自東非的索科特拉血竭，和中國雲南一種山鐵樹。此血竭產地不同，雖然功效相類，但有機會引起過敏反應。」

彥晴點頭：「可能是過敏反應。我知道，過敏若遲了施救，人會因為氣道腫脹閉塞而亡。」若雪把粥吃完，定睛看向店鋪之外，喃喃自語：「宇軒……」

彥晴不明所以，隨她注視的方向，看見在漆黑之中，有一個黑影掠過，他們追出店外，前方的宇軒緊緊跟蹤着另一道黑影。

這時，店外食桌上有人拉着彥晴的手：「別去。」彥晴一怔，竟是林師傅！若雪不以為意：「他每次下車都來吃粥，說要尋找昔日武館的味道。」林師傅皺眉：「是一隻惡靈。」若雪一聽，大為緊張：「宇軒為甚麼跟蹤他？這些留在人間的惡靈，不易對付，宇軒道行尚淺，未必應付得來。」話未說完，打算追上。

林師傅霍然站身：「我和你去，總經理留下來。」彥晴聽得一頭霧水，只見二人已跑向前方。這時，他聽到耳邊響起一陣低沉的聲音：林師傅想保你周全？你到底是誰？

彥晴嚇一跳，他還未及求救，已感到背脊僵硬，有一隻手從背樑爬升上他的後頸。他驚恐地瞪着遠去的若雪背影……

原本已經追出去了的若雪，猛然回頭，但見一縷黑煙在彥晴的後頸纏繞，她馬上奔赴他的身邊，黑煙瞬間消失，往剛才宇軒奔跑的方向而去。

「是移魂，這惡靈懂得分身，功力不淺。算了，你還是跟我們走吧。」若雪一把揪起彥晴的肩膀，他雙腳離地，兩人一起縱身衝上被高樓白燈照得光燦燦的城市半空。彥晴眼見身距地面一千米，臉色比若雪更蒼白，生怕她一旦不小心放手，高處墮地粉身碎骨。

他立時用手環抱若雪腰際；若雪本能地縮了一下，但纖細的腰肢很快便適應了這隻陌生的手掌。她的臉頰通紅，又聽到強烈的心跳聲。不，心跳並非來自她自己，而是把胸膛貼在她後腦的彥晴。砰砰——砰砰——跳得愈來愈快……

她問：「你畏高？」彥晴輕輕說：「不。」她對這男人的心跳聲感到有點懊惱：「嗯……快追到了。」彥晴並沒有回應。

前方有一股黑捲雲從上空伸延到地上，若雪帶着彥晴來到一個海邊的空置石礦場，這裏有荒廢石屋和巨型石牆。月亮之下，在一大片蘆葦草的空地，彷彿充斥着一種神秘魔力。彥晴從未想像，香港有這樣一個地方。「他是刻意引我們來這個古老石礦場。」若雪的聲線中帶着不安。

在海面反射出粼光，忽明忽暗映照着對峙中的宇軒和陌生人。

彥晴從未見過宇軒這種神情：他頭髮凌亂，面容疲倦，眼中充滿憤怒，看向站在他對面的陌生男子。這男人眼睛小而深陷、混濁而充滿血絲，顯得陰險狡詐。他身形壯碩，明顯散發出一股堅強得讓人感到心寒的力量。

「你為甚麼要殺我父親？」宇軒高聲問。他對面的男人，似笑非笑，皺起臉皮時像恐怖電影裏的小丑，不僅如此，當他的眼睛掃過眾人，朝宇軒注視了一會，眉宇間露出一種奇怪惡意，說：「老子喜歡殺誰就殺誰，你管得了我？他還在醫院未斷氣，孝子，你應該去看他才對。」

宇軒的父親死了？彥晴感到非常意外。他明白這種感覺：在十年前，彥晴的父母，在交通意外中離世。頃間，複雜感情湧上心頭，沉睡已久的傷痛忽然出現。

當彥晴知道父母意外身亡的消息，便開始沉睡，像是整個世界瞬間爆掉，爆掉之後是黑暗。那段日子，他常常大白天拉上窗簾，營造氛圍，自以為晚上倒頭便睡。渴睡像嗜死一樣，白天睡過頭，晚上反而成了遊魂。也許是因為這樣，他有好幾年時間，傻傻留在不進化的停滯中。

當年的自己，以沉睡對抗壓力與時間，讓自己永遠待在黑暗。然而，印象中膽小怕事的宇軒，明顯與他不一樣。宇軒極度憤怒，他盡全力撲向面前的男人。對方凌空一跳，躍上山坡。

若雪下意識地站在彥晴前面，示意他後退：「他看來是很厲害的惡靈。奇怪，為甚麼死神沒有來逮捕他？」

若雪告訴彥晴，靈魂如果離開肉身太久，又不肯與覺靈一同登上火車到忘泉，帶着怨念長時間在人間流連，會漸漸化成惡靈。因此，死神會盡快把他們找回，押送上列車。彥晴問：「如果他不肯走呢？」

若雪暗下臉：「要視乎他做了甚麼。如果他殺害人類，未必會被立即處決；但若殺死靈魂，會被死神當場打死，永─不─超─生─」

說時遲那時快，宇軒一腳踏在芒草叢中的巨石，借力縱身飛躍，揮掌向他撲打過去。若雪叫好：「是林師傅教他的拳法。好！」只見惡靈閃身，宇軒險失重心跌倒。惡靈嗤之以鼻：「三腳貓功夫也敢來找我報復，你這小鬼不想投胎？」他以迅雷不及掩耳的速度，伸腳對準宇軒踢過去。

若雪馬上拔出繩鏢，一隻手握着竹管，另一隻手甩出繩子，一擊即中對方右腳踝，宇軒馬上躲進芒草叢。惡靈冷不防被暗算，大為震怒，別過頭看向若雪：「原來是車長小姐。你我河水不犯井水，我讓你這位美女這一着，不要再阻我。」

若雪驕傲地仰首：「小子是我的人，你要他命，即與我為敵。」惡靈哈哈大笑：「只怕你惹不起我。」他把真氣凝聚在拳頭之上，這一拳，快如閃電，如雷神怒吼，撕裂空氣，拳頭砸過來，恍若泰山壓頂一般向宇軒襲擊。

這時，林師傅現身，眼明手快一掌把宇軒推開。惡靈拳擊雖是落空，但其拳風的壓力，大到根本不是凡人所能承受的地步！林師傅站穩腳，眼見宇軒如滾地葫蘆，在沙灘上翻了幾番，忽然想起八十年前的往事，那天，在他面前，師弟們亦是被人打得半死，但當時，他並沒有勇氣迎戰……

林師傅看着宇軒按着手肘慘叫，想必是脱臼，一時間動彈不得。彥晴不顧一切，衝上前想強行拖走宇軒，若雪見狀馬上衝出來想帶走他們兩人。

惡靈看見人多，反而更有殺人的興致，仰天大笑：「好！很久未試過大開殺戒。」他走近兩步，正想發功，林師傅跳出來制止：「且慢，你認得我嗎？」對方怔了一怔：「怎會是你，多少年了，你沒有投胎？」

林師傅盯着他：「我在車上等了你八十年，你一直沒出現。殺人王，是時候討回你欠我的債。」

「這惡靈，原來是當日在跌打館被醫死的黑社會大哥？」彥晴和在場每一個人一樣，感到十分訝異。

殺人王瞪着林師傅，眼珠都快跌出來：「為了找你報仇，我在人間的各醫院蹉跎了八十年。就是為了有一天看見瀕死的你，讓我一雪前恥。」話未說完，他的左拳頭對上林師傅的右掌，林師傅整個人原地向後退了幾步，飛沙揚長。

林師傅失笑：「你一定沒想到，我比你還早死，而且一直在列車上。我等你，是想告訴你，只是一場誤會。」

殺人王看來完全聽不入耳，但見他集真氣灌滿全身，身形活生生拔高三呎，渾身肌肉猶如灌注了鐵水一般，雙拳上隱隱形成兩團肉眼可見的漩渦。他俯身而下，如同天魔降臨。

正在眾人惶恐之時，只見林師傅雙腳猛地一蹬，如同火箭般朝着殺人王飛躍過去。平地炸起驚雷之聲，大地都被林師傅這一踏震動起來。與此同時，殺人王一拳擊向他，裂痕頃刻從沙灘一直延伸到了大海，海上被炸出無數浪花。林師傅落地之後，他看到自己的胸膛被硬生生轟的凹陷了進去。

彥晴心頭狂顫，眉毛跳動得極快，心裏狂叫：「這是哪裏跑來的妖孽啊？」要不是剛剛林師傅使出渾身氣力躲過了一拳，現在恐怕已經被轟成肉泥了。就在這時，但見半空中，一道肉眼可見的青光破雲而出，速度之快，比剛才殺人王逃跑的速度快上數十倍。殺人王意識到不妥，馬上離開。林師傅沒有放棄，緊追着殺人王的背影。

若雪皺眉：「是死神，不是我見過的那位，新上任的。但奇怪，他為甚麼到現在才出現？難道，他是有心讓惡靈先殺死林師傅？」

宇軒忍受手肘上的痛楚，跑向倒臥地上的林師傅。「林師傅！是我害你受傷！」林師傅口角冒血：「不，這是命中注定。快，先去接你父親的靈魂登上火車。火車有法力庇佑，惡靈不能再害他。」

若雪替宇軒重新接上手臼：「你自己一個可以嗎？」宇軒點點頭，便往市區方向走去。

彥晴扶起奄奄一息的林師傅，若雪説：「事到如今，只有一個地方可去。」

他們來到熟悉的石板街，子夜已過，街上寂靜無聲，只有石頭記的店亮着昏黃又微弱的燈。他們用力敲門，紅榴從裏面走出來：「我一直在等你們。」若雪問紅榴：「你是如何知道我們今晚會出事？」紅榴挑起眉毛：「自然是精靈的感應。」彥晴見兩個女人你一言我一語，焦急地説：「你們還想救人嗎？」他們馬上把林師傅抬進店內，帶到一個房間，放在一張棕色復古牛皮柳釘梳化上。

紅榴搖頭：「他的手腳都開始褪色，很快會灰飛煙滅。」若雪指着紅榴：「不行，你法力無邊，怎可能救不活他？」「我不是神，哪能起死回生？」若雪一怔：「你，原來真的不是神？」紅榴嘆氣：「我説過一百次，我不是神。」

這時，林師傅勉力張開眼睛。他氣若游絲苦笑：「我還以為，苦練八十年，應該武功大有進步，但始終技不如人。不過，我和八十年前不同，我今次不會再讓小師弟死在我面前……」

若雪到現在才明白，林師傅留在車上，不想轉世，並不是真的為了等殺人王，還他清白。而是，放不下一念：自己因為懦弱而累及同門師弟慘死。他，原諒不了自己。

林師傅是服務年期最長的員工，八十年，僅次於若雪。當她想到，他即將離開自己，傷心得很，淚水串滑過粉白的臉。林師傅翻一番眼珠，看她一眼。「車長，在我印象中，這許多年，你的個性比男兒更硬，即使香港淪陷、大陸饑荒、天災人禍，你亦從不落淚。而此刻，你居然為我而掉下眼淚。謝謝你……你，真的變了。」林師傅掀起嘴角，在微笑；但見，血絲源源不絕從齒縫間流出……

彥晴傷心地看着林師傅，這位善良的男人，是在列車上他最信賴的人。他穩重，又有經驗。他唇上的八字短鬚，總是那麼整潔。他用紙巾替他抹走血漬。

林師傅緩緩伸手握向彥晴：「謝謝你沿途扶着我來到這裏。我……要跟你說：對不起。」彥晴忙說：「不用抱歉，換了你是我，也會如此。」林師傅猛力搖手：「不是……我不是因為感謝而說對不起。是那天，送走喬治，未央湖乾涸與你攸關。還說你是未央湖和若雪的剋星。」

彥晴垂下眼睛：「也許，你是對，我是來取她的命。」林師傅再次搖手：「我剛才看見殺人王猙獰的面目，頓悟了。你有赤子之心，眼睛澄明清澈，和他不一樣。神派你來，不是索命，而是想你幫助若雪。求你，一直留在她身邊，直到那天……」林師傅的手腳都已經消失，只剩下若隱若現的面容。

「不要，不要讓他的靈魂灰飛煙滅。」彥晴淚流涕落看向若雪：「你是最神通廣大的靈魂，你一定有辦法。」若雪聲音沙啞：「他決意留在車上，有歪常軌，就預算可能有這麼的一天。別說他，即使是我，若神有一天安排了我們要永遠消失，我亦要順應天意。」

彥晴抱着林師傅的即將消失的頭顱：「我答應你，你說甚麼我都答應你。」林師傅消失前的笑容，深深印在他的心坎；這是彥晴第一次，看見他笑。

彥晴手中，頓然化空，只餘下林師傅隨身的短劍。他小心翼翼收在身邊，彷彿它能給自己多一點力量。

若雪問紅榴：「救我們的人，是不是死神？」紅榴瞪大眼睛：「你們看見他？為甚麼？他可以見你們，卻不能見我？」

若雪有點生氣：「我不明白為甚麼要換他做死神？他明知殺人王在那裏，居然袖手旁觀，不早點出來救林師傅！」紅榴嘆息：「這統統都是神的安排。死神任期滿了要換人，換了我心愛的男人；我們明明近在咫尺，神卻不准我們相見，只能用感應相通；他可以操控的，大概比你和我更少……」

若雪冷淡地回應：「你少來這些抱怨了。玄武失蹤，至今到底是生是死，我們都不知道。但你悄悄利用與生俱來的精靈力量，去和他感應，知道他接替上一任死神的工作，為保這個男人的周全，甘之如飴為神服務。這一切，根本沒有人強迫你去做。」

紅榴不忿：「你不懂真正的愛，是先付出，難怪，沒男人真心愛你！」彥晴一聽，大驚，眼見兩個女人馬上又起爭執，卻在這時看見地上有一塊閃閃生光的晶石。他故意高聲問：「這到底是甚麼？」

若雪和紅榴同時看過去，在林師傅剛才消失的地方，有一塊透明的棕色圓珠。紅榴訝異：「舍利子？相傳要在遺體火化後才會結成五彩堅硬珠狀，由修行功德煉就。林師傅靈魂化為青煙，居然留下這寶物？」若雪眼明手快，一手搶過來，交給彥晴：「林師傅想你時刻緊記答應過他的話，把它收好。」彥晴尷尬地避開愛石如命的紅榴那貪求的眼神，伸出右手。

彥晴才接過小珠，猛然想起一個人。他慌亂中緊緊拖起若雪的手：「快，去看看宇軒。」若雪很久沒有感受到人類掌心傳來的溫暖，在驚呆中點點頭，帶他離開「石頭記」。

紅榴把這微妙的改變，看在眼裏，仰望窗外充斥着城市光害的夜空：「看來，神沒有選錯，彥晴也許是唯一能解開她心結的男人。」

第十五章　平凡

他們才離開店，就在石板街上遇見一個人。

「童先生？」彥晴一眼就認出，他是上次已經在忘泉站下車的男人，童瑤婆婆的兒子。「你怎麼回來了？」

男人抬起頭，茫然問：「回來？我未曾離開。你……是誰？」彥晴一怔，他看來完全忘記了自己。在旁的若雪，拉着彥晴後退了幾步：「有古怪，小心！在忘泉車站下車的人，在轉世之前，沒一個可以重返人間。」

他們再仔細打量男人，他臉色煞白，身穿卡其式西裝，白色襯衣中央有大灘血漬，一條鋒利的鋼筋條，從背部插穿至心臟。彥晴皺眉：「你明明不是被人殺死……」他記得，童先生是跳進海裏救他母親時浸死。

他問彥晴：「車站是這方向吧？」彥晴呆呆點頭。他很有禮貌地說了一聲謝謝，便向着車站方向走去。若雪一臉難以置信，這時，一把熟悉的聲音在石板街階梯亮起：「他不是童先生。」

「宇軒？你不是去接你父親？」彥晴看見是他有點錯愕。

宇軒站在街燈下，看着遠遠的背影：「他，是我父親。」彥晴愕住：長相一樣的人？對，上次宇軒說過，童先生和他父親長得一模一樣。

若雪問：「既然如此，你像傻瓜一般站在這裏幹嗎？」宇軒搖頭：「我……怕他怪我沒唸好書便死了，沒出人頭地便死了。」

彥晴和若雪相視了一眼，他們都明白，宇軒在年少時死去，內心仍然像一個中學生。若雪板着臉，裝出一個老師的口吻：「你若是不去見你父親，是要受罰的。」宇軒怯生生地跟着那人走上去。

若雪輕輕吐一口氣：「我多麼希望，自己仍然有機會，看見自己的父親。」彥晴問她：「你父親是怎樣的一個人？」

若雪抬頭看向天上快要在西方下沉的滿月：「他有一雙像皓月的面孔，身手敏捷。鏢師作為一種高危職業，必須速戰速決，根本不必招架戀戰，最忌花拳繡腿，出手果斷，致命一擊，便可取勝。他總是告訴我，走江湖的人，要有道義，不能使詐。可是，人心難測，你不使詐，人家卻存心欺壓，在大時代面前，道義根本不值錢。」

彥晴問若雪：「所以，你想報仇？」若雪點頭：「那個害死我全家的男人，我一定要殺死他。」

彥晴不明所指：「但砵典乍已在海外死了。」若雪眼中流露出化不開的怨懟：「除了他，還有一個人。我在車上一百八十年，尚未見他登車。一是他客死異鄉，一是他化成惡靈尚在人間。」

彥晴想起，他重複做的夢境，夢境裏在貨倉裏的男人，在竹林裏吻過她的男人。這個人曾傷害她的感情，也間接殺害她的家人和鏢隊。他希望自己和這個人無關；可是偏偏他和這一切似乎又息息相關……到底哪些是夢哪些是真實？

前方的石路漸漸從暗藍變成泛青，若雪向沉思中的彥晴，抛下了一句：「天亮了，你回去休息吧。明晚，發車再見。」

彥晴叫住她：「那人叫甚麼名字？」若雪沒有回頭，向凝冷的空氣吐出兩個字：「張喜。」這兩個字，她很久沒有説起，彷彿是一把尖刀，重重扎在她心臟，連續兩下。

彥晴在想，他可否找出這個人的故事？這人和英國商人過從甚密，而且認識砵典乍。

他回到家裏，打開電腦，在搜尋引擎上輸入很多字，都找不到這個人。最後，他想起圖書館。他畢業後做過一份臨時工，知道圖書館有一個連結是和中國廣東省的檔案署相連，裏面很可能會有一些與南京條約有關的資料。剛離職的他，至今仍然可以登入內聯網。人們常詬病政府部門架床疊屋，掛一漏萬，人事部未及處理離職者。他利用尚未停用的密碼，登入網站找資料。他輸入「張喜」兩個字，出現很多檔案。這個名字看來極之尋常，要逐一閱覽非常費時。

在列車上工作的這段日子，他體會到一點：人類的恐懼和恨意，都是建立於不理解。若雪是在簽訂條約之前已經死去，在她的記憶裏一定尚有漏白，因而令她至今仍因為無法理解而心生怨憤。

他決心要把張喜「找」出來。於是，他再把搜尋方向鎖定到南京條約前後。最後，在搜尋引擎中，找到一個人：「鴉片戰爭時期，清朝並非無良將，被派去前線的大多數是國之棟樑：林則徐以外，還有琦善、伊里布、耆英、楊芳等。這些人久歷官場，應付傳統的行政和軍事綽綽有餘，可惜他們面對的是英國洋人，於是出現了『既打不過，又談不攏』的尷尬局面。這時，一個出身低微卻頭腦靈活的小人物，居然被這班老爺們推上談判檯，完成中英交涉。因為他一直有和英國商人打交道，所以是當時最了解西方世界的中國人。他是欽差大臣兼兩江總督伊里布的家僕——張喜。」

彥晴的眼球跟着熒幕滑動，他很焦急，想知道這人是否他想找的人。

「張喜是天津人，生於一八二零年，科考無望之後，只能當一個伊里布府上最低級的師爺，負責日常在十三行迎來送往。中英起衝突後，道光任命伊里布為兩江總督。這時，他手下的幕僚紛紛辭職。清政府當時規定，洋人最多只能見十三行商人，總督巡撫一律不能接見。伊里布自己不能去，只能派張喜去，臨急拿了一個六品頂戴扣在張喜頭上。

「一向在十三行如魚得水的張喜，上了英方的船，見英國駐華商務總監義律，執一杯紫黑色洋酒相敬，他想都不想接過酒一飲而盡。英國人從沒見過如此爽快的中國官員，鼓掌大笑。英國人帶張喜參觀一門大炮，問他大炮厲不厲害？張喜機智回答：炮雖好；但不需用它，罷兵更好。」

彥晴看到這裏，但覺他是愛好和平之輩，心生好感。但，到底他後來是站在哪邊？

「張喜建議伊里布不能打，正好英軍當時迫近天津，琦善便派人南下廣州談判，出賣了香港島。英國人不知道是甚麼原因，特別看重張喜，臨撤軍之前在戲台宴請了張喜。陪坐的傳教士郭士立還對張喜說：此是戲台，乃演戲之所，我們今日之戲，乃千古所未有。張喜回答：既演角色，亦不得不唱。

「侵華戰爭進一步升級，東南沿海告急，清朝再無人可用。一八四二年八月七日，英軍攻城前夕，張喜到了南京。談判十分激烈，英國人要中國賠款三千萬銀元；張喜痛罵英國人是逆賊無賴。英方得知條件被拒，揚言要攻城。張喜來來回回奔走，想英方給一個時間作緩衝，眼看對方必定斷然拒絕，但此時英軍中聲望最高的人出現了。這人先後攻佔廈門、定海、鎮海和寧波等地，然後進犯長江口，攻克吳淞、寶山和上海，佔領鎮江，最終兵臨南京。這人叫砵典乍，他得知來者是張喜，竟然表示給張喜這個面子，多等他一天，如再無回信才攻城。之後，清朝被迫妥協。不過，正式談判那天，張喜失蹤；談判桌前全換成了清朝大老爺們。就這樣，清朝與英方簽訂了中國歷史上第一個不平等條約《南京條約》。」

彥晴皺起眉心，倒頭躺在床上，反覆思量：「張喜，就是若雪口中的那個人？」他在認識若雪的時候，已經是十三行的紅人。當年八面玲瓏的他，是否因為機關算盡，才刻意用兩年時間接近砵典乍，換取將來再次談判的餘地？

在不知不覺間，彥晴睡着了。

花如雪，雪如花。彥晴睜開眼，正是站在漫天飛花的花間小徑，盡處有一幢木房子，在灰藍的天地之間滲出微弱燈光。

男人推開門，踏進有點雜亂的小茅房。若雪伏在背向窗戶的簡陋木櫈，身上搭着藏青色薄絨毯。她頭歪向右肩，眼皮半開半閉，似醒非醒。她像是感應到他，睫毛微微地掀了掀。若雪醒來看見滿臉鬍渣的男人：「你回來了。」他對她微微一笑。「是的，我回來了。」

「感謝老天，這次我和洋人的交易成功，總算得到他們信任。接下來的貨，要靠你們付運了。」他吻着她的手。若雪用手臂把他緊緊圍住，像怕他消失一般。兩人忘情的深深擁吻，彷彿這世上只有彼此，再無其他。

昏天暗地之間，彥晴醒來又再睡了。花如雪，雪如花。花如雪，雪如花。浪花像風雪撲向崖上的男人，他看着若雪被拋下大海時，心如刀割。在那人走了之後，他想也不想跳進了大海，「若雪，你聽到了嗎？若雪。」他像瘋子一般呼喚着……

彥晴在驚嚇中甦醒，他的臉上沾了海水，不，是淚水。他感到內心被掏空，前所未有的複雜感情充斥他的心房，他怕失去這個女人。

他馬上穿起襯衣，跑到街上，今天的夕陽份外刺眼，他如着魔一般衝向石板街的舊樓。他焦急地等待太陽沉淪在玻璃高樓之後，大地迅速罩上一層暗幕。他看着「石頭記」旁邊浮現的升降機，馬上衝進去，重複地按掣讓電梯門隆隆關上。

當門再打開，他穿過維多利亞式花園，跑了五十米來到紅磚車站。穿過燈火通明的票務大堂，無視被驚擾的乘客的奇異目光，和在打掃中抬起頭來的白臉孃孃。

他彎着腰，大口大口呼吸，站在噴着蒸汽的火車頭前。尋尋覓覓，總算找到她了：這麼多年，他在夢醒時的驚訝迷惑害怕，全是為了這一刻。

所有的分離，都是為了重聚。

若雪在無邊黑暗中，感到十分無助、恐慌。身後像是有謎樣的霧團追着她似的；不，是洶湧的藍色海水，像張口的妖怪，朝她撲來。被反綁手腳的她，不停的掙扎，一瞬間，卻已被吸入深藍。

她恐懼地亂揮手腳，包圍自己盡是黑暗。海水不斷灌進鼻喉，她感覺無法呼吸。自己快要死了嗎？就這樣死掉？在無垠深藍中，若雪迷失了方向……倏然，她聽到一個熟悉的聲音，溫柔地叫喚着她。她想起來了，知道這個聲音的主人是誰。

睡在酒紅色絲絨床罩裏的若雪猛然張開眼睛，撲進這個坐在她床邊的男人懷裏。「我不要沉進漆黑的海底，救我，求你。」彥晴定定看着她蒼白的容顏，緊緊抱着她的頭，多年來夢裏的碎片在腦海裏轉圈，再轉圈。

若雪被淚霧朦朧了她的雙眼；他溫柔地為她拭去了淚珠。「我再也不會讓你受到任何傷害，若雪，我保證。」彥晴捧起她的手。一百八十年來，若雪第一次感到心裏不再是空洞。如紅粉一般的笑靨，打從心裏綻開。

「你的前世是他？」若雪抬起眼睛問。彥晴眼中充滿猶豫，是他？不是他？他不覺得他像這個人，但又解釋不了為何在潛意識裏有這些記憶……

若雪嘆氣：「我不希望你是他。」如今，即使她知道他是張喜，亦不可能捨得下手殺他。彥晴微笑：「那，我就不是他。」若雪紅着臉微笑：「你狡猾。」

無論，記憶是不是真的，但此時此刻，這份感情，卻是真的。

蒸汽火車的汽笛聲再次響起，兩人走到列車最尾端，並肩看向退後的街景。若雪的目光，落在石板街角已經打烊的報紙檔。「當年我不願意轉世，神要我留在這裏做車長。每天傍晚，我都會在石板街的報紙檔買晚報，才開車出發。到早上回到車站，上茶樓，一邊吃點心，一邊讀報，是我多年來的習慣。」

彥晴問：「你是要做好車長的工作，掌握香港脈絡？」今天人人都有部智能手機，瀏覽新聞資訊只需動動手指。

若雪笑着搖頭：「香港第一個報紙檔誕生於一九零四年，當時的英文《南華早報》為了擴大讀者群而設，辦報目的就是要支援革命。因為想找出通番賣國的張喜，我才積極參與政治圈和洋商的活動。創辦人之一謝纘泰，是『革命黨』，他一八八七年隨家人到香港，在中央書院畢業後當過政府文員，又曾經是洋行買辦和經理。謝纘泰多才多藝，之後加入興中會。他是『輔仁文社』創辦人之一，同時又是中國第一位飛船設計者。報紙檔就是情報機構，也是販賣禁書的地方。從推翻清政府，到國共內戰，到抗日戰爭，到英殖民政府，到回歸中國，到國際恐怖主義抬頭。這些年來，有不少像謝纘泰這樣的人在我身邊出現。這些人，都是有作為的人。我幫過他們，他們也愛過我；可惜，我並不愛他們。」

彥晴一邊聽一邊沾沾自喜：「你是想說，我比他們優秀？」若雪竊笑：

「你和他們的分別，是你最平凡。」彥晴聳聳肩。若雪笑逐顏開：「平凡的人不敢愛我；不平凡的人才敢愛我。但不平凡的人，心裏都有更重要的事，不會是我。」

彥晴點頭。彷彿，甘於平凡是窩囊，要好高騖遠才不算懶惰。

「這個年代，人人都自命不凡。結果，天天懷才不遇，夜夜不甘平淡。」

若雪指着雲海下漸行漸遠的小島：「靈魂來到車上，才會記起轉世是為了尋求答案。他們意識到自己來到這世界的目的，是為了與地球上的一切生命共處，最後完成自己的人生課題。然而，並不是所有靈魂都能那麼幸運，大多數靈魂要經歷一世又一世的輪迴，接受各種各樣考驗與劫難。」

若雪繼續説：「我不去輪迴，是因為當靈魂進入肉體，一切都變成冗長而且看不到盡頭。也許，時間對每一個靈魂來説，才是最大考驗。這麼多年，這是我堅定不移的想法。然而……」若雪看向他：「我現在居然感到害怕。」彥晴似懂非懂看着若雪。

「我害怕，有一天要灰飛煙滅。」若雪才説完，彥晴彷彿被雷擊五頂。他忘記，戀愛中的人最害怕不是死，而是分離，永不相見。

這時，車廂廣播裏傳來宇軒召喚總經理的聲響。若雪猛然想起要去關心一下這孩子氣的年輕人，到底和他的父親相處得如何。

正當兩人來到車廂，但見宇軒的父親正在大發雷霆，把房間所有東西統統扔出房外，滿地七零八落。「你不是我兒子！」他大叫。

宇軒淚盈於眶，不知所措地看着彥晴。「怎麼辦？他剛才認我是他兒子，但此刻又好像失去了記憶。我父親不是情緒變幻無常之人，他怎會這樣？」

彥晴覺得，這和他同住一層劏房的老人幾乎一模一樣。那人能應付基本自理活動，但需旁人提醒；而且，他表達或理解抽象事情時感困難，患的是：認知障礙症。

問題是，靈魂怎可能有認知障礙？

第十六章　守護

若雪仔細回想，以往接待過的乘客，即使生前有認知障礙，亦未曾有此狀況。靈魂若離開肉身等於離開樊籠，是沒可能把病徵帶到死後。

「你可否說說剛才發生甚麼事？」彥晴按住宇軒的臂膀，讓他冷靜下來。

宇軒離開客人車廂，和他們來到最接近客房的休閒設施——室內恆溫泳池。三人坐在池邊的酒吧，若雪從雪櫃拿出三罐啤酒。宇軒想也不想便連續把三罐啤酒直灌入喉。彥晴看傻了眼，在他心目中，宇軒不過是他記憶裏的中學生。

剛開始時，很難接受它濃烈的酒精味道與灼喉感，但它帶來的快感令宇軒感覺新奇。他臉上帶點微醺的紅，說：「我整天在理容店外，等候整理好儀容的父親。」

他的父親踏出月台，一眼就認出自己。宇軒的雙腳有如穿了鉛鞋，想邁出腳步，卻力不從心。反而是他的父親，顧不得臃腫身形跑起路來有點滑稽，三步併作兩步，一把將兒子緊緊抱住。

「衰仔！」他父親一邊拍打他的背，一邊又哭又叫：「你怎麼沒去投胎轉世？都多少年了？你留在這裏有穿有吃嗎？」

宇軒回到久違的父親懷抱中，激動得紅着臉說：「你派人給我年年大魚大肉，香火冥錢，各式各樣電玩，我一直豐衣足食。」

宇軒父親用手擦着他的短髮：「父親很掛心你，想不到，你會比我早死。」宇軒憐惜地撫摸他的胸口：「我有去追捕那個殺你的惡靈，但他逃脫了。」宇軒刻意避開提及幾乎被殺的兇險。「你為甚麼會被惡靈殺害？你和他有甚麼關係？」

宇軒父親一臉無奈：「我好幾年沒回來。當日，一個人繞過西九龍海邊的地盤，海濱長廊看出去的風景很漂亮，整個中上環盡收眼底。心想：香港，真美。」

宇軒點點頭：「我知道。」宇軒父親一臉奇怪：「你怎麼知道？」宇軒有點腼腆：「說出來你別感到害怕……在你回來的這段日子，我常常在你身邊。每次列車回站，我就去看你。」

宇軒父親頓時大哭起來，涕泗縱橫：「我的兒子……」他把宇軒抱得更緊。宇軒父親放開宇軒，繼續憶想：「在我正沉醉於維多利亞港夜色之際，忽聞地盤前一聲巨響，我四周張望，明明是四野無人。」

宇軒記得，父親好奇地走近地盤入口，一道黑影尾隨他進去。宇軒察覺有異，馬上追前，當他再次發現父親時，他正被黑影人推向從灰白混凝土牆上橫撐出來的鋼筋，鋒利的鋼筋尖端，和父親背樑，僅僅差距兩吋。

宇軒父親拚命對抗黑影人，但他太大力，鋼筋尖已經在他背上刺出血漿。宇軒連忙喝止：「停手！」黑影人黠笑：「我找了他很多年，我不會放手。」

宇軒問：「你為甚麼要找我父親？」黑影人冷淡地說：「報仇。」說時遲那時快，他用力把他推向混凝土牆，鋼筋一下子刺穿宇軒父親的心臟，當場失去知覺。宇軒馬上去接住父親的身體，並用感應電波，進入緊急求助熱線的通訊系統，激活警報。聽到救護車響號，他才憤怒地追向黑影逃跑方向，直到石礦場，遇上林師傅等的種種後話。

他帶父親登上火車，說好了開車之後再聚。怎料，當宇軒做好了給所有乘客餐飲準備功夫，不過一刻光景，再來找他時，便發生剛才的騷動。

室內恆溫泳池內的三人，默不作聲。若雪和彥晴，也許無法體會宇軒此刻的沮喪；但他們能完全理解，被父親忘記的這份痛擊。

這時，一個男人在泳池入口出現，他是個接近六十歲的男人。近看上去，他有一副慈善家的和藹外表。稍微有點禿的頭，圓圓前額，微笑的嘴露出一排雪白的牙，一切似乎都說明此人有一種樂善好施的品格。可是，在他的目光中有一種反常的緊張神情。他是宇軒父親。他探頭問：「火車上居然有室內泳池？」宇軒緩緩上前：「火車上的每一角，都是靠車長的意念，創造出來。」

彥晴有點佩服地看向若雪，一個從外表上完全看不出藝術感的人。她居然，年復一年，把火車變成如今的模樣。

若雪問宇軒父親：「先生叫甚麼名字？」「駱月華。」對方回答。若雪微笑：「駱先生認得這年輕人嗎？」駱月華搖頭。若雪看一眼沉下臉的宇軒，又問：「駱先生有兒子嗎？」

駱月華喜上眉梢，喋喋不休：「有呀，他叫宇軒，他的同學最喜歡叫他落雨天，想是很喜歡水。所以嘛，我常常和他去游泳。」駱月華指着泳池上若隱若現的昔日片段，他挽着水泡帶着一個初中的孩子，來到私人會所泳池。宇軒眼裏浮現起童年回憶：「那時候，我並不喜歡游泳。爸爸說想我拿到少年泳賽冠軍，我想討他歡心，所以才每星期跟他來練習。」他想起頻頻誤吞池水的經歷，口中彷彿常常充塞氯氣味道。

轉瞬間，池上的畫面又改變了。原來那中年人的面容改變了，變成一個三十多歲的青年，在他身旁是將要娶的新娘。司儀在晚宴台上問青年，有甚麼想跟新娘說？他回答：是最近在戲院看過的對白——我會對她說三個字，我愛你；如果非要給這份愛加上一個期限，我希望是，一萬年。

「媽媽……」宇軒失神地瞪着那女人。若雪指着池上影像低喃：「我當年進戲院看了三次，周星馳的《西遊記完結篇之仙履奇緣》內的對白，這是一九九五年。」

駱月華是典型的「香港仔」，香港大學會計畢業後，在父親的製衣廠任職資深會計師。當年受到六四事件影響，動搖到香港人信心，每年有接近六萬人移民。他與太太結婚後，亦移民到英國。爭渡，爭渡，驚起一灘鷗鷺。

駱月華在池中的「鏡花水月」之中回憶前事種種。

「我父親經營家族生意，雖説製衣廠式微，但亦算是富貴人家。自一九七零年至一九九零年期間，韓國、台灣、香港及新加坡從以往的農業和輕工業為主導，經歷高速發展，搖身成為東亞和東南亞地區的經濟火車頭，合稱『亞洲四小龍』。九七回歸，我們擔心政治經濟前景不明朗，想先取得外國護照當作保險，兼能為子女提供高水平教育。當時，大部份有能力移民的，都是專業人士、中產階級。我加入了英國會計師公會成為理事，打算落地生根。我買了獨立屋，卻不懂打理獨立屋前的草地，所以就剷平草皮變成混凝土，這樣較易打理。怎料，卻被會計師公會的外國人討厭。」

熱愛工作的他，身在英國時，與香港仍有很多工作上的連繫，常坐飛機往返英國與香港，這樣飛來飛去，一顆心像「離地」上了數萬呎。最後，他感到當地工作太單調刻板，決定於兩年後回流香港。當時，兒子剛滿週歲，他開了一間會計師行，他深知在香港工作會發展得更好，於是甘願做「太空人」，自己留港繼續工作「賺錢養家」。然而，父母為子女設想，卻造就家庭分散兩地的掙扎。

初期，太太不太願意與丈夫分隔兩地，顯得不安。駱月華協議每天會盡量通話，彼此有假期便盡量相聚，然而，太太並未能堅持對婚姻的忠誠。兩人最終離婚收場，宇軒小學畢業那年，便被送回來父親的身邊。

可是，誰也沒注意，孩子成長時期爸爸角色的真空，影響深遠。中學之後，父子相處時間很少，引致了解和溝通出現斷裂。宇軒當時喜歡學廚，但駱月華嫌他沒出色，要他讀醫科。

於是，當他赴英國唸書，便偷偷報讀廚藝學校，日間上大學，晚間做學廚，忙得不可開交。原本內向的性格，因為沒時間結交朋友而變得更內斂。到後來，不是恐怕增添對方憂慮而報喜不報憂，就是甚麼也不報；他和父親的距離，愈來愈遠。

駱月華怔怔地看着池水表面：「不知從甚麼時候開始，我甚至忘記了他的樣子。」一個中產老人的臉龐爬滿失魂落魄的感嘆號，顯得格外可憐。

彥晴用手肘推一下若雪：「他在月台時，明明認得宇軒。為甚麼現在忽然說忘記他的樣子？」若雪緊緊鎖着自己的眉心，一臉百思不得其解。

這時，彥晴忽然想起一個名字：殺人王。「駱月華先生，你可認識一個外號殺人王的人？」駱月華一愣：「我好像有點印象，但又不太肯定。」他痛苦地抱着自己的頭，然後陷入沉思之中。宇軒連忙跑過去，在他身後，輕輕拍着他傴僂的肩膀。駱月華急促的呼吸，慢慢平穩。

若雪閉上眼睛，雙手合十，再反手指向水面。泳池的中央出現一個圓圈，像漣漪漫開，愈來愈大。圓圈中央有一團氣泡，像燒沸水一般愈來愈劇烈。

彥晴帶點誇張的語氣：「嘩，若雪還懂魔法？」若雪抿一下嘴：「我只懂這種，名叫《鏡花水月定點尋找》。有時，當乘客想快速找出某段記憶，我可以幫忙定點找尋。」

彥晴點頭：「即是前生影像加強搜尋器。車長，你有財務重擔，作為總經理，我建議這類貴賓級的非一般服務，應該額外收費。」

若雪抬起眼睛：「這實在是好主意。」在旁邊的宇軒看着他們，你一言我一語，察覺出他們之間非比尋常的默契。宇軒正想開口，若雪就來搶白：「叫他報夢，由駱氏家族付費給石頭記。」彥晴豎起拇指。

駱月華走近池邊，他集中心念，追憶前塵。頃間，眼前煙霧繚繞，若雪，彥晴，和宇軒，身處一個墳地入口，分不清是香火還是雨霧。駱月華如常去拜祭他的兒子，他看一眼手中的停車場車票，印着的日期是二零一六年十二月二十二日。

彥晴心裏一沉。為甚麼剛好要在這天拜祭？這日子對他來說，實在太重要。

他們來到墳地，駱月華放下一大袋祭品，彥晴看向墓碑，白色暗花雲石上，清楚地寫上駱宇軒，卒於二零一五年十二月二十二日。彥晴頃間呆住，指着墓碑轉身問駱宇軒：「你在這天死去？」宇軒愕愕地點頭。

一時間，彥晴腦海充斥着揮之不去的迷思，一環扣一環……他以為和宇軒的關連只是中學同學，最近在車上再遇是一種緣份。但原來在重遇之前還有另一場巧合，他發生車禍的這天，剛好亦是他父母出事的同一天。

這些真是巧合？

彥晴感覺身體在抖震，牙關也在抖震。他問：「你是交通警察口中說，堪稱猛獸級跑車的車主？」彥晴記得，當時他們車禍中的雙門跑車，最大馬力五百多匹，從零至一百公里只要三點六秒。

宇軒彷彿被帶到死亡現場。當日晚上九時多，他駕駛一輛白色雙門跑車，沿皇后大道右轉，沒想到剛轉沒多久，忽然失控，跨過快慢車道和分隔島，撞斷交通燈，衝到對向車道才停下來。車頭、安全氣囊爆開，他被掉下來的交通燈撞斷頸椎，當場死亡。

他的靈魂在未知發生甚麼事的情形下，離開肉身。在呼天搶地的途人叫聲和由遠而近的救護車響聲之中，他看見有一男一女從車底被抬出來。模糊間，他看不清楚兩人在血漬之中的面孔，只是看見一株五吋高的小聖誕樹被拋出行車道中央。

彥晴從此再沒有走近任何聖誕樹。如果他當年沒有在冬至晚飯時，說想有聖誕樹裝飾，他的父母才不會在放工後匆匆忙忙到百貨公司購買。

宇軒怔怔看向彥晴：「是我撞死你父母？是我改寫你整個人生？」

在旁的若雪看在眼裏，她打了一個從心而發的寒噤。過去一百八十年，她從不留意車上進進出出的靈魂，她只是把全副心神都放在復仇。但不知道從甚麼時候開始，她對其他的生命開始在乎，對他們的想法也開始在乎。

宇軒的留守，是為了他父親，還是為了彥晴的出現？林師傅的固執，是為了等待殺人王，還是為了導致駱月華的死？和喬治認識的劉先生重遇童瑤母子，童瑤兒子和若雪之間又有贈頸巾恩惠，喬治又糾纏了慧賢和符明學……如果列車上所有人所有事的相遇，都有原因。彥晴的出現，到底會否有更深的意味？若雪的腦海中，轉出剪不斷的謎團。

彥晴看着自責的宇軒，沉思一會之後，重重吁一口氣。他用手放在宇軒的肩膀，反過來安慰他：「不是你改寫我的人生，而是我們被注定的命運。」

若雪看向彥晴，她不禁佩服：此人面對至親死亡事件，仍能保持冷靜，更沒因為情緒而不分青紅皂白。難怪，他是千挑萬選的人。從甚麼時候開始的命定？當下所見，還是百年之前？

還有一件事，她心裏更明白：他是神挑選來送走自己的人。如果未央湖情況繼續惡化，她所建立的一切會隨之崩潰和消失，包括，她自己。

駱月華正在收拾墓前祭品，一陣冷風從山坡上掠來。他聽得一陣如風嘯如夢囈的呢喃：我殺人王要你們姓駱的絕後，既然生前説過，如今更不會食言。駱月華大吃一驚轉身，甚麼也看不見。

然而，作為旁觀者，大家都看得清清楚楚：這人真的是曾經在石礦場和林師傅交手的殺人王。宇軒眼裏有點激動，他想起永不超生的林師傅，內心非常難受。

駱月華的靈魂，到此刻才看見殺人王的樣子，他錯愕地指着回憶中的男人：「是叔叔？」他告訴大家，殺人王是當年父親在內地開製衣廠的合夥人。那時候，工廠遷往內地，需要打通脈絡，很多黑社會勢力都想分一杯羹。殺人王在少年時曾經與駱月華的父親在新蒲崗工廠區認識。後來，製衣廠發生了一點意外，駱月華的父親決定結束生意，但因為意外是因殺人王的失誤而引起，已經向人家賠了很多錢，所以，沒有分錢給他。誰料，他惱羞成怒，説要駱月華的父親絕子絕孫。駱月華的父親沒多久便病死，後來聽説殺人王被人搶佔了不少地盤，還離奇暴斃。

若雪搖頭：「人生大逆轉，倒霉到極，他死後一定對駱氏家族恨之入骨。」甚麼都不知道的駱月華，此時對着墓碑嘆氣：「我實在不能接受沒有了你，內心很害怕。一年前打點好你的身後事，我已經離開香港。父親不在，公司的下屬會定時來拜祭，不會把你餓瘦。」若雪看着感到唏噓：「以前他移民，是因為不確定的恐懼，而離開；現在離開，是因為確定的恐懼，而逃避。生於斯長於斯，誰會不喜歡留在香港？都快要告老還鄉，誰會臨老才離鄉別井？」

但見在駱月華的「鏡花水月」片段裏，殺人王忽然化成一縷黑煙：「找你一年，一直找不到你。殺完你兒子，再來受死的是你。」俯衝向駱月華，伸出五指對準他的喉嚨。千鈞一髮之際，忽見一團青影閃出，一掌打向殺人王的胸膛，他冷不防被偷襲，翻一個筋斗跌出十米之外。

「何人？」殺人王按着自己胸口。來者站在樹上，說：「我是新上任的死神，玄武。」殺人王冷笑，按着胸口揚長而去。

第十七章　復仇

駱月華回憶前事，終於恍然大悟。當年宇軒的車禍不是意外，而是被仇人滅門。他看向墓碑上的相片，忽然驚覺和身邊的男生同一個樣貌。他抖震着嗓門，說：「你是我的兒子？」

宇軒抬起含淚的雙眼，點點頭。駱月華捶着胸口，難以置信地自責：「我怎可能認不到自己的兒子？是誰偷走我的記憶？」宇軒撲上去擁抱着他，駱月華淚流滿面，把兒子緊緊環抱懷裏。

若雪看向彥晴，彥晴神色凝重，大概是掛念自己的父母。天人永隔，他此生亦不能再見對方。一場仇殺，殃及池魚，宇軒固然冤枉，彥晴父母更是飛來橫禍。若雪輕輕搭着他的肩膀，彥晴把下顎擱在她前額。她彷彿能感受到彥晴內心延綿不絕的孤獨：這是他們之間的共同點，年復年年。正因如此，他們才了解彼此。

光影流華，四人重新站在泳池旁邊。

若雪撅着嘴角，一邊思索一邊說：「惡靈以往極少親手殺人，多是製造意外。畢竟，靈魂直接殺害人類或靈魂，屬天規中的大罪。今次駱月華短暫失憶，很可能和被惡靈親自殺害攸關。靈魂登上列車，離開人間，靠的是自身記憶。駱月華在月台時，靈魂尚未離開人間，殘存怨念。但當列車離站，斷了天地接氣，有關他對宇軒的餘念，亦煙消雲散。」

彥晴聽着覺得可怕，被惡靈枉殺，居然會有這樣難以預測的副作用。如此，他們在忘泉投胎前，想重溫回憶，修習人生，亦變得支離破碎。不明不白抱着遺憾的靈魂，即使多等十世百世，亦難圓滿。這，也許是最惡毒的報復。他看一眼若雪，心想：她可曾有一刻，想過成為惡靈，用這一種方式報復？

宇軒帶駱月華到餐廳門口，搪塞說有點事做，便偷偷往廚房準備所有客人的晚膳。彥晴招呼駱月華坐下來。駱月華問：「看你很年輕，是剛畢業吧？你令我想起，自己的大學時代。」彥晴點點頭：「我和『落雨天』是中學同學。」駱月華哦一聲，陷入沉思。彥晴免他又再費神於在殘破記憶中搜索兒子，轉換話題。「世伯是在香港大學畢業？」駱月華搖頭：「我唸中文大學。」

彥晴說：「中文大學有一個「合一亭」水池，水天一色。」駱月華微笑：

「在我記憶中，並沒有它；那是零三年才建成的。中大山明水秀，樹影婆娑，校園的一草一木，都為我保留了難以忘懷的回憶。校園偶爾能看見猴子甩着紅屁股跨越車道，走入樹林。又或，在大學圖書館屋簷下，掛滿了小白腰雨燕的燕巢。每到夏天傍晚，數百隻雨燕在圖書館周圍啁啾飛翔……」

若雪走過來坐下：「談中文大學？這和我有點關係。」戰後，若雪為了報仇，仍然活躍於與各方人士互通消息。當年，她遇見凌道揚，他是中國知名的林學家，戰後定居香港，擔任崇基書院和聯合書院的院長。有一次在馬料水考察林木，偶遇郊遊中的若雪。若雪當天一身素白，出現在樹林茂密的山谷之內，驚為天人。他問她為何在此，她順口一溜：此處面對馬鞍山、俯臨吐露港，樂山樂水，正是一個理想的息遊潛修之所。

其時，正值凌道揚與政府磋商撥出公地贈予崇基興建校舍，他遂指定要馬料水這幅地。但要成為大學校址，要先處理附近一個溫氏客家村。本來重視土地的農民，此時卻主動集體遷村，將土地賣給崇基書院。

彥晴聽到這裏，大惑不解。

若雪得意地說：「既然我蒙混成了女道士，順便說自己懂風水。這條村在小溪尾端，當時正面臨土地鹽化問題。我跟村民說，村裏五十年沒添男丁，是因為盤谷地形致令每天午後被附近山丘蔽日，陰盛陽衰，風水欠佳。此時凌道揚要地，政府除了提出以雙倍面積交換村民土地外，還幫助村民整村連同祖墳一起遷至新村。這樣，一舉兩得，多好！」

在港督葛量洪撥地四公頃後，凌道揚還按若雪的提議，進一步要求要將土地打散，分佈在馬料水谷地中的七處。此舉，令校舍後來可以發展的範圍包含了地與地之間的區域，遠遠超過原先港督給予的面積。駱月華微笑：「那我是要替師兄師弟妹們多謝你了。」若雪揚眉：「我是提點了，終究要他肯納言才有用。」

凌道揚的「開山」傳奇還沒結束，在取得政府四公頃地之後，再向政府提議要再「租借」十二公頃擴大範圍。沒想到官員回覆是建議租給崇基一百二十公頃，讓他可以發揮農林專業，協助政府在北面山地上植樹造林、教導鄉民墾植蔬果。

彥晴不是第一次聽到若雪在人間行善，對於如此善良的靈魂，神到底想替她安排怎麼樣的命運？

「能唸得上大學，多得我父親，是他身兼母職一手把我養大。據說，母親當年未婚生子，但因為出身卑微，父族家人反對結婚的情況下，離開我們。」駱月華憶及前事。彥晴忽然想到一個人，他看向若雪；若雪似乎亦想到了這點。

「駱先生，可有兄弟？」若雪問。駱月華一愣：「你怎知道我有孿生兄長？」

彥晴冷不防他居然如此回答，整個人呆住。上次宇軒見過那個和駱月華一模一樣的童先生，莫非是……

「宇軒說過，他沒有伯父叔父。」若雪看着駱月華。駱月華深深嘆一口氣：「我是最近回港後，人閒了，終於有時間收拾父親遺物時，發現一些書信才知道。如果，我能夠早點知道，或許便能找到他。」一語音剛落，三人後方是砰然墜落地上粉碎的咖啡杯。原本捧着咖啡出來的宇軒，訝異得一動不動，任由咖啡四濺。

「童先生是我伯父？童婆婆是我祖母？」他的眼睛瞪得很大。駱月華一時來不及反應，喃喃自語：「姓童的，對，信上的抬頭是一位叫童瑤的女士……」

在幾個白臉嬤嬤打掃地板的時候，四個人圍在小圓桌對坐，拼湊出一個上一代的故事。

駱緯綸和童瑤本打算結婚，但緯綸的父母太着重門第，一心反對。他們表面上派人接了童瑤到別墅，還找人侍產。但當童瑤誕下孿生兒子未及一個月，趁着駱緯綸身赴外國參加大學畢業禮，想把童瑤趕出家門。童瑤不願意與兒子分開，威脅要報警。緯綸的父母有頭有面，為息事寧人，與她協議各分一子。她帶走了大兒子，此生便不能再踏入駱氏家門，不能和小兒子相認，更不能讓任何人知道她的行蹤。童瑤自知勢孤力弱，答應了約定，從此銷聲匿跡。駱緯綸回港後得知，勃然大怒，派人四出找尋童瑤卻遍尋不獲。他對童瑤用情至深，念念不忘，終其一生不再娶妻。駱月華無意中發現的信件，都是駱緯綸因極度思念，憶述與童瑤的前事而寫。可惜，歲歲年年，它們只能披着一身發黃的紙皮，包裹着永遠寄不出的感情。

若雪帶着一點感同身受的慨嘆：「多年來，童瑤一定非常憎恨姓駱的人。不知道，她可有想過報復？」

宇軒搖頭：「我們那時在列車上遇見她，她對人生，實在是沒有一絲怨恨。」駱月華帶點明白的口吻說：「哥哥一定把她照顧得很好。」彥晴想了一想，回答：「你父親是本地富商，為了專情而終生不娶的事，街知巷聞，童瑤亦想必知道。他是用一生的愛，去消除她一生的恨。」

彥晴一邊說，一邊深深的看着若雪：「沒有甚麼，比這種方式，更能改變一個人的復仇意願。」若雪眼神中凍結百年的冰霜，此時彷彿在溶化，在眼角流下一滴淚。

這，是因為愛情的溫度，是因為彥晴的心意？

車廂外的夕陽，讓金色的光幔穿透行駛中的列車玻璃窗，一格追趕一格。

宇軒對父親作了一個歡迎的手勢，請他坐到對面的另一張桌前。駱月華一坐下來，立即發現自己坐在受到款待的貴賓席上。這張桌子第一道菜，是最精美的菜餚，緊接着的每一道飯菜，都是別出心裁。直到他吃着美味的甜品時，駱月華才把自己的注意力從飯菜轉到宇軒身上。他拉着宇軒的手：「宇軒，你是天下間最出色的廚師，是我的驕傲。」宇軒幾乎以為自己聽錯：「爸爸，你不是討厭我……」

駱月華摸摸他的頭：「在你離世之後，我在你房間找到很多食譜，又發現你在英國兼讀烹飪。傻孩子，是我沒花時間了解你，是我錯了。」宇軒這時已經哭得涕泗縱橫，急忙搖頭：「我應該鼓起勇氣，早點跟你說。」

駱月華抱着他的頭：「既然如此，不如，我們一起下車，你帶我去與我哥哥和母親相認？」宇軒怯懦地轉身，看向若雪，若雪打了一個遣送的手勢。他咧嘴一笑，指一指彥晴，暗示以後要指望他來守護若雪了。

若雪和彥晴相視而笑。列車在接近破曉之時，來到忘泉車站。若雪和彥晴透過玻璃窗，注視着車站上的繁忙景象。有三個人沿着月台踱步，是童瑤和童日華。他們身後，還有另一個男人。但見駱月華甫下車便緊緊擁抱這男人，男人又同時抱着童瑤和童日華，可想而之，他是駱緯綸。他在忘泉的彼岸，一直等待，等待他的戀人，等待他的家人。他們身邊，還有蹦蹦跳跳的宇軒。

三代同堂，在月台上向着若雪和彥晴揮手。

從來沒有人強迫靈魂輪迴轉世，除了那人自己，不管人生裏頭有甚麼樣的大風大浪，都是自己的選擇。人生是一場神聖的協議與承諾。

列車回航，高速劃過星晨，追趕着初升的太陽。若雪握着彥晴的手，輕輕嘆息：「喬治，林師傅，宇軒，已經相繼離開。世事早有安排，最近幾次的客人有劉先生，童瑤，童日華，駱月華，和你逝世的父母以及那惡靈，互有關連。」

她吞下本來想說的話：彥晴的出現，難道真是為了帶走所有在她身邊的人？

若雪感到一種她無法抵擋的力量，正在未知的暗角急劇膨脹。

彥晴留意到，若雪的神色有點恍惚。彥晴皺眉：「有事？」若雪搖頭。彥晴捧着她的臉：「傻姑娘，無論有多少人離你而去，我都會守在你身邊。」

她面紅耳熱，感覺一道暖流充滿她冰冷的心房。她把臉一寸寸埋進他的胸膛，那是距離他的心最近的地方。

他們回到城市，走上大街。耀眼的陽光直射向若雪的眼睛，她的思緒忽然落在一個名字之上。「玄武上次明明救了駱月華，為甚麼今次沒阻止殺人王下手，眼白白看他殺一個人，又滅一個魂？」

彥晴狐疑：「誰是玄武？」若雪回答：「他就是紅榴朝思暮想的戀人。我不太清楚他們在冰島相遇相知的前事，後來紅榴先一步從冰島回來，他打點好細軟才回程。可是，內陸航機發生意外，玄武在冰島失聯。紅榴沒有辦法找到他，但深信他未死。」

彥晴記得紅榴提及過自己的身世，問道：「她是精靈後裔，所以有這種感知？」若雪點頭：「後來，神示意，上一任死神做了五百年，是時候退役，玄武接替了他。紅榴知道後，相信只要她為靈魂服務，自能有機會和他再見。」若雪的語氣中，依然帶點輕視。

彥晴迷惑地看向她：「你仍不相信愛情？」若雪意識到自己失言，連忙說：「不，我……」她無法從所知詞彙中，選擇出一句語句去貼切地表達她此刻的心情。彥晴凝視她，眼中抹過一絲悵惘。沒能對話，兩顆心變得像寂寥的死城。

人類異於動物，最大分別是懂得思考，而且是懂得運用複雜的語言來思考。除了少數圖像思維或運算，不需依賴語言之外；思考愈精密，愈需要語言。而且，沒有語言，人與人之間便無法溝通。語言，成為思想枷鎖。到底是語言限制了思考，還是語言開啟了思考？

他明白她此時的心情，是再費唇舌，也難以表達心中想法或感受。然而，這代表保持沉默是戀人之間，解決問題的最好做法嗎？他默然。

工作了一整晚，彥晴實在有點累，他垂下眼睛：「我還是先回去睡一睡。」若雪沒有留住他，只是咬着嘴唇看他離開，心裏有一種前所未有的痛。

若雪慣性地走到報攤，延續她維持了很多年的傳統，買了一份報紙。新聞頭條是：超過百年歷史的深水埗主教山配水庫遭清拆；半頁紙的相片是一幅正施工清拆的配水庫。

她不由得細閱內容：深水埗石硤尾主教山山頂有一配水庫，水務署早前指這裏的減壓缸有結構危險，故要執行清拆工程。有保育人士在當日發現工程地基範圍，出現一座歐陸特色的蓄水池建築遺址，在臉書專頁發佈後，引起大批市民關注，並有議員到場拍攝，認為該減壓缸具重要歷史意義及建築特色，煞停清拆工程。後來，翻查文件，署方早於三年前，已計劃清拆主教山山頂的減壓缸等建築與地下設施，並建議向地政總署交還用地。

若雪雖然從未離開香港，但她非常喜歡看電影。她記得，有一套外國電影，是以蓄水池作為拍攝場景，猶如「地下水宮殿」。雖然香港的地下蓄水池年代沒那麼悠久，但作為香港歷史建築，應該先列入法定古蹟，再由專家評估。

她仔細看着圖片中，地面部份上蓋被鑿開後，內裏的古羅馬式石柱及以紅磚砌成的圓拱，支撐着容量約四個標準泳池大小的蓄水池。這些古羅馬式石柱及以紅磚砌成的圓拱，似曾相識……她想起來了。

當初，她被帶來列車，擔任車長，一手一腳建造車廂的裝潢。無論是廂房，芙蓉浴池，歐陸餐車，還是近年才建成的全天候泳池，列車上的每一寸地方都是由她的意志建成。唯一例外，是未央湖。

未央湖彷彿是有着自己的生命，它會自行為湖畔建構千變萬化景象，有時是百花爭妍的花圃，有時是古色古香的亭台，有時是金碧輝煌的殿閣。在天邊一隅石橋，正是有這樣和報紙上的圖片一模一樣，古羅馬式石柱及以紅磚砌成的圓拱。

這個被破壞的蓄水池，和近日瀕臨乾涸的未央湖，會否有所關連？若雪萌生起想去看看的念頭。

在大街的另一邊，彥晴回到熟悉的床，輾轉反側。在夢中，他看見若雪和張喜在一個碼頭。碼頭一片漆黑，惟有貨倉的油燈能透出一點光亮。夜幕下的海，格外寂靜，讓若雪和張喜二人，下意識地放輕聲線。張喜送她一個銀幣。銀幣雕刻非常精緻，是一位年輕女皇的側面。

張喜告訴她：「這是英國貨幣，是六便士。她是維多利亞女皇。」在鏢局世家出生的若雪，從小身處傳奇行業，家訓仗義，不拘小節，行走大江南北。

在民間耳濡目染，皇宮裏住着慈禧太后，窮奢極侈。她看着這位大不列顛的女皇，問：「她是否像京城的那位，徒具皇室光環，不理民間疾苦？」張喜把她擁入懷中：「有一天，我們坐大火船，到英國去看看。」

若雪問張喜：「你想去英國？」張喜點頭：「因為，人生過去了，就不會重來。」

第十八章　私慾

彥晴霍然驚醒。他前額冒汗，耳邊重複響起：人生過去了，就不會重來。

在那些已故的靈魂身上，無論是記者、做餅師傅、製衣工人、女傭、教師、武師、僱傭兵、商人，甚至爵士，都曾經非常努力，在狹隘的生活夾縫中掙扎，堅持追尋夢想。到他這一代人，環顧身邊的同學，生活安樂，反而不會想：將來想成為怎麼樣的人，想怎麼樣過生活？

「你的夢想是甚麼？」這個令他每次見工都會陷入腦筋空白的問題，平生第一次，找到了答案。他現在要做的，是一件大事。他想——守護若雪。

她不是尋常一個女人，而是經歷了一百八十年的人。

此時，彥晴但覺心裏有點空虛。即使在大學時代拍過拖，也不曾有這種刻不容緩的思念。不知道今夜列車有沒有班次？他去火車站的話，會否遇見若雪？他有點懊惱，原來不曾問她電話號碼。

來到石頭記門外，走進通往火車站的電梯。

電梯門打開，昔日蹦蹦跳的宇軒不在了，一臉嚴肅的林師傅也不在了，待人處事八面玲瓏的喬治也不在了。火車站內仍然有白臉嬷嬷在忙着迎送，來來往往的靈魂仍然井然有序。只是，一切彷彿變得太有規範，不再像以往一般有生氣。

彥晴走上列車，來到若雪的房間。房間內一片寧靜，沒有若雪蹤影。他一個人待在空蕩蕩的車長室，環顧四周，他想起若雪總是抱怨沒好東西吃、又愛亂花錢，想到這些回憶，他忍不住笑了，可是笑到一半，才發現辦公室只有自己一個人。

他從口袋裏掏出紅榴石，閉上眼睛，感應她身處的地點。當他再張開眼睛，發現自己來到未央湖旁邊，在湖邊的古羅馬式石橋及以紅磚砌成的圓拱下，站着一個女人。

她不是若雪。女人回頭，彥晴微笑：「我以為它會帶我找到若雪。」紅榴掀一下嘴角：「誰知道她在不在這兒？說不定躲藏在湖畔某處。」

彥晴緩緩走近，紅榴指向已經見底的未央湖說：「當最後這一潭水消失，這裏便會消失。」

彥晴皺起眉頭：「若雪也會隨之消失？」紅榴點頭：「如果她在這裏消失

前，在忘泉車站下車，便可以轉世。否則，靈魂必然……」她壓低聲線：「煙消雲散。」

彥晴的心像被刀割了一下。「到時，我要和她分開？」

紅榴嘆氣：「她不像我。在她心底裏，也許並不在乎你的愛。」

彥晴想了一想，說：「付出的人是我，我在乎，我要給她全部的愛。至於她如何回應，是她的決定。」

「我知道自己留在人間的時間不多了，你要做好心理準備。」若雪的聲音出現，她站在兩人身後，情深地看向彥晴。紅榴在一旁看見，訝異地說：「彥晴，你竟然感動了這個封存一百八十年的冰冷石頭？」

彥晴腼腆地笑，拉起若雪的手：「你剛才去了甚麼地方？」若雪垂下彎彎的睫毛：「我想……找出湖水乾涸的原因。」

紅榴插嘴：「湖水乾涸，不是因為彥晴嗎？」彥晴定睛看着若雪，連他自己亦認為，神指明他出現，是為了這個原因。

若雪搖頭：「我不認為如此，我帶你們去一個地方。」她用手一晃，三人面前出現一陣薄霧，待霧氣消散，身處之地，是和剛才相同的地點，紅磚砌成的圓拱下。

紅榴問若雪：「你最近連法力都減弱了嗎？為何連移魂也失手？」若雪訕笑：「你看清楚再說。」紅榴和彥晴看着圓拱形的石樑，外面是皓亮的月，環繞他們的，卻是龐大地洞。

若雪解釋：「這裏不是未央湖，而是地底，有一百一十六年歷史。利用地底空間，用磚石砌成圓拱形結構與建蓄水池，在英國十九世紀中期，是很常見的做法。」

紅榴瞪大眼睛：「這裏是主教山地底？」若雪點點頭。她記得，在香港最初五十年，香港曾有缺水危機。由於九龍半島最初被視為軍事基地，因而一直未有興建水塘，當時只利用井水及溪流作為水源。政府接管新界後，知道若不解決水務問題，城市難以發展，決定推出「九龍重力自流供水系統」，開始物色地點，興建九龍水塘。主教山配水庫，正是用作連接計劃中的九龍水塘。

「這地點位居香港的中心，儼如心臟。」若雪的視線，停留在紅磚穹頂：

「未央湖百多年來水源充沛，或多或少與這個龐大水庫有關。」

彥晴重重拍一記額角：「我明白了，這是平行空間概念。未央湖的水雖是無形，但需要一個有形的藏庫。就像：墳墓這邊祭品是實在的，彼岸靈魂亦能同時接收。」

若雪點點頭：「剛才，彥晴之所以感應我身處未央湖，正是佐證。」彥晴看着手中的紅榴石：「兩個世界，其實有一個互通的缺口。未央湖的古羅馬式石橋，正是主教山地底配水庫。」

紅榴仔細思量：「世上，其實不只一個缺口，能互通兩個空間。可惜，如今這個配水庫受到破壞，未央湖亦必定隨之崩塌，出現乾涸。」

彥晴焦急地問：「重修它不就可以嗎？」若雪重重吁一口氣：「看似是一夜之間的破壞，傷害，其實早在之前已經開始。況且，重修需要時間，時日無多，來不及了。」

紅榴正色地看着挽着彥晴的若雪：「神，一定早知這一切將會發生，才派我找彥晴來，給你最後救贖的機會。」

若雪沉色：「難道真的沒有讓我留在人間的方法？」她把頭埋向彥晴的胸膛。此刻的彥晴，在若雪面前，決定要表現得無比堅強，要若雪在離開時不要害怕，在最後的時間裏，他會用盡全力表達對若雪的愛惜。

這時，他低頭看見沙地，埋了一枚暗啞的銀幣。他俯身拾起，是維多利亞年代的六便士，和他夢中的，一模一樣。

紅榴仰望被挖開的洞頂中央，一小塊沒有星的夜空：「人類以為自己發現一切，但不過是坐井觀天。存在還是破滅，早有命定。」

語音剛落，一股陰森寒氣，從四面八方襲來。「你們這樣子的脆弱靈魂，注定要生生輪迴，受神的擺佈。我和你們不同，是獨一無二的強者。在天地日月之間，已經參透出不受支配的永生。」

巨大黑影立在三個人面前——是殺人王！他哈哈大笑：「我既然已經破戒，殺了人類，也滅了靈魂。現在就無須再顧忌甚麼了。若雪，讓我們好好算清這一筆賬。」

若雪一怔，問：「你到底是誰？」殺人王嗤之以鼻：「你多年的復仇大計，看來已經被滿腦子愛情完全掩沒。你是忘記了，靈魂是可以回溯每一段前生。」

若雪心中升起強烈的惶惑：「你是張喜？」殺人王大笑：「我怎會是那個窩囊的中國男人。告訴你，前生的前生，我正是你最想殺死的砵甸乍。」他死後，再次轉世，做了黑幫頭目——殺人王。

頃間，若雪的憤怒被激發至沸點。這個人，就是當晚命人把鏢局上上下下掉進海裏的英國人！

殺人王臉上十分得意：「當我發現，只要不上火車，不赴忘泉，而又不讓死神發現；留在人間，亦是一種很不錯的選擇。這樣，我可以報仇，可以了結自己的恨。」

紅榴高聲說：「你殺了這些人，真的減少了心中的恨？你撫心自問，在人間殺戮，不會令怨念更深？」

殺人王愣住，但很快又回過神來：「你這婆娘，少說廢話。我知道你是精靈和人類的後裔，不過是靠通靈的功夫，幫神做跑腿，等一會才收拾你。」

彥晴擋在若雪跟前：「可惡，如果你真的是砵甸乍，虧欠的人是你，為甚麼口口聲聲要來索命？」

殺人王冷笑：「嘿，你可知道這小姑娘是如何利用她的人脈網絡，把我玩弄於股掌？她煽動商人權貴，聯署向英國政府告發我，以權謀私，拉我下台。否則，我才不會提早被召回國，做了短命港督，後來要在小島隱居，甚至客死異鄉。」

彥晴反唇相譏：「你作為政治人物，居然不明白官場？如果你沒有枉法，她再厲害都無法蠱惑人心。一個投身公共事務的人，到底被稱頌為了後代子孫的尊嚴、自主與幸福着想的『政治家』，還是被評為用盡手段為保一己權力、地位或利益的『政客』，歷史自有定案。你回溯前生，砵甸乍爵士死後仍然念念不忘被拉下台，私心昭然若揭。」

彥晴每一句都切中要害，殺人王惱羞成怒，大喝一聲，用厚實鐵槍刺向他。

若雪動作伶俐，一手推開彥晴，避走到柱後，正要從身後拔出飛鏢。殺人王心中暗喜，看我這次不把你連人帶柱劈成兩半。手中鐵槍勁力又加兩成，對着若雪疾劈而下。

若雪咬了咬牙，滾地發了一鏢。殺人王的厚實鐵槍把石柱破開兩截。在這千分之一秒間，若雪的鏢狠狠的插在殺人王後頸上。殺人王怪叫一下，按着後頸，手臂發麻，差點握不住鐵槍。但他韌姓十足，很快又恢復過來。

「豈有此理！」殺人王把兩眼瞪得像燈籠一樣，大聲低吼，揮槍指向若雪。

就在這時，一股青光從天而降。「玄武！」紅榴一眼就認出。這位年輕死神，亮出大斬刀。「當」兩人兵器相撞後，發出清脆響聲。不過事情還沒有完，當兩人兵器相接後，竟互相扣在一起，玄武的斬刀力壓殺人王的鐵槍。

刀光槍影，在漆黑中你來我往。殺人王力大無窮，而且素有鍛煉。玄武臉上滲出豆大汗珠，挺拔的身軀正在苦苦支撐等待着最好時機。觀戰的眾人，無不替玄武捏一把汗。就在玄武力竭的剎那，殺人王用盡全力拚命使勁往上頂了一下。玄武一瞬間被彈開兩米，雖然說時間短促，但這已足夠殺人王做下一個動作。

玄武見殺人王想反抗，把全身力氣集中在刀身上，狠狠往下壓向他。這時，殺人王眼裏忽然閃過一絲狡黠神色。玄武隱隱感覺不妥，意想不到的事情發生了，殺人王的鐵槍忽然斷為兩根，玄武因壓得太猛，剎那間連人帶刀往前衝去。千鈞一髮間，殺人王先用斷槍輕輕一引玄武的斬刀，不待玄武穩住身子，狠狠的將槍鋒插在玄武背上。

紅榴大吃一驚，想不到殺人王出此險招。就在這時，一股氣從後而至。殺人王猛然回頭看去，眼見若雪想衝上前，但有人搶在她之前，撲向自己，耳朵響起一陣強烈的破空聲，本能的向前一彎，無奈來者速度太快，一把短劍已直插入心臟。殺人王腦裏一那空白，只感覺一瘀黑血腥衝出口鼻，緩緩的回頭望去，但見握緊短劍的彥晴，雙手抖震，鬆了一口大氣。

接着，殺人王摔倒下來，濃黑的污血，似有還無的肉身，化成一堆塵粉，消失在夜風之中。

猶有餘悸的彥晴，向後跌坐在地上：「是林師傅……是他留給我的隨身短劍，把這惡靈殺死。」

不知道玄武情況怎麼樣了？紅榴心急如焚，抱着玄武，任由血液順着她的指縫間滴下。她自己連滾帶爬，拉着若雪：「帶我們回去石頭記！」若雪雙手挽起紅榴的胳肢窩，幾乎在最短的時間內，帶着他倆橫越夜空。玄武仰天，喉嚨格格作響：「神呀，你為甚麼不容許我更早對付他？是故意要他殺完林師傅，再殺死我？」

回到小店，紅榴先把玄武放好，仔細的檢查起來。若雪見紅榴不停的檢查，一臉嚴肅，把剛要出嘴想追問他傷勢的話，又吞了回去。

紅榴一邊檢查一邊說：「有心跳，脈很低，槍傷深十厘米，幸未傷及臟腑。但傷口過深，必須馬上止血，否則……」若雪聽到她的話鬆了一口氣，還好沒死。

紅榴馬上走到櫃檯後，拿出消毒包，消毒藥水，止血藥粉等等。但，她雙手抖震得厲害，此刻已經不能冷靜下來。

若雪見紅榴情緒十分激動，不由分說便搶去她手中的東西，動手止血。

紅榴一邊看着她，一邊道謝。直至看見若雪把繃帶縛好，她才說：「若雪，我到今天才知道，你這鬼好心腸。」若雪一笑：「不僅如此，我還是最美麗的鬼。話說回來，玄武的身體和人類一樣，我懷疑，在成為死神之前，他並未死去。」

紅榴聽着，淚流滿面：「真的嗎？那太好了。我……自從上次在冰島與他分別之後，這是第一次重遇他。」若雪語氣中帶點羨慕：「守得雲開見月明。你們從今以後，不用再分離。」紅榴擦一下糊了淚水的睫毛：「人鬼殊途，你要在最後這段日子，得到幸福。」

彥晴坐計程車從後趕至，推門進來。「他未醒？」

紅榴垂下眼簾：「他失血很多，暫時未醒。」彥晴掏出手機按鍵：「為甚麼不送他到醫院？」紅榴馬上阻止他：「不可以。」

若雪輕聲說：「你要她怎麼說？說他是死神，被鬼刺傷？」彥晴如夢初醒，哦了一聲。然後，緊張地抓着若雪的肩膀，仔細查看。「你有沒有事？有沒有甚麼地方受傷？」若雪扳開他的手，檢查他臉頰上的傷：「是我問你才對，你為甚麼要去逞英雄，搶在我面前襲擊殺人王？」

若雪一邊幫他貼藥水膠布，一邊碎碎唸：「你又不懂武功……」

彥晴等她治理好自己的傷口，看着她說：「如果你殺了他，就是靈魂殺死靈魂，觸犯天規，是永不超生的大罪。到時，你要像殺人王那樣逃亡，沒有好吃的，沒有好穿的。這樣，要你受苦，我不忍心。」

若雪捧起他長滿鬍渣的臉，感動得無以復加，淚水串滴而下，掉在他的鼻尖：「傻瓜。」彥晴緊緊地抱着她。

你是晴，我是雪。在你出現的時候，我便注定要消失。

第十九章　真相

一整個星期，彥晴如常在列車上服務，少了三個員工。

彥晴帶若雪回到未央湖，手握從主教山地洞拾起的六便士。他打開掌心，送到若雪面前：「有一天，我們坐大火船，到英國去看看。」若雪當場呆住。她記得一百八十年之前那一幕，她記得那個人。心裏像被揪住，若雪凝神看着彥晴：「是不是你？」彥晴搖頭：「我不知道。」

為了解開迷夢中的秘密，彥晴拉着若雪，想找紅榴催眠。甫進門口，就被店內煙霧迷漫的氤氳，和一本懸空的羊皮書嚇了一跳。

原來，紅榴正在參考精靈魔法書內的藥方，希望調配出令玄武快點甦醒的秘方。玄武單刀直入問她：「你可有辦法知道，我的前生到底是誰？」她仔細地想了一想：「我只能做一次。」

她從一個精緻寶石箱中，找出兩顆呈刺蝟形結構的石頭。「它們叫空幻石，來自利比亞沙漠，體型獨特，有一種沉甸甸的質感，如錨碇在大地之母上，最適合用來接地氣，有靈視及預言能力，是一種極為罕有的礦石。它能幫助人類將頂輪連結至靈魂，並透過多層次光體整合，增加靈體出遊的能力，帶你們回到前生。」

若雪忽然感到猶豫。她害怕，回到那段日子。她害怕，再次經歷萬劫不復的痛苦。她偷看彥晴，卻見是一臉堅強。他用澄澈的雙眼，迎向她的徬徨。若雪吁一口氣，向他燦笑。

其實，這是彥晴故意裝出來。他想她知道，雖然她經歷過這麼多痛苦：父母雙亡、同門被殺、被戀人背叛，又獨自活了一百八十年，可是，在如霜雪一般的悲慘生命中，始終有晴天陪在她身邊。

紅榴在催眠之前，跟他們鄭重聲明：「我從未試過同時帶兩個靈魂進入前世記憶，如果有甚麼異樣，你們絕不能留戀於前塵，必須馬上回來。」

兩個人相視一眼，在如幻如花的迷霧中，回到前生。

若雪上身是如意開襟、中長袖口鑲花邊和滾牙子的布衣，下身穿着低開衩粗麻褲，沒有睡覺，卻在練習繩鏢。她一隻手握着竹管，另一隻手甩着繩子，操縱繩鏢，拋向深鬱的樹木。她低頭用手指描劃着特殊形制的飛鏢圖案，這是家族世代專門的鏢，綁上繩索，而另一頭，則是連接一根竹管。她充滿信心對父親說：「兄長們都被殺，我一定要肩負繼承家業的重任，要我對抗多少人，也沒有問題。」

時近夜深，雜役搭起臨時帳篷，車夫將牛車列成兩行，成橢圓形，方便營衛。他們都習慣了傍晚時分啟程，半夜停在有水有草的地方露宿。父親問：「張喜來提親。」若雪抬起頭來：「那個在十三行救過我的人？」

廣州十三行，是清政府特許經營對外貿易的專業商行，口岸洋船聚集，幾乎所有歐亞、美洲的主要國家都與十三行發展貿易，專營漆器、銀器、瓷器、紡織、繪畫、雕刻等各個行業。商人可分為牙商、鹽商、鐵商、米商、糖商、絲綢商、陶瓷商、煙草商、典當商、布商、藥商等，其中以牙商最為著名。

她記得，當時要替父親找駐集在十三行外的鏢局行家送一封急件。正好有兩個醉酒洋人經過，少見年輕少女在附近出入，見她長得標致，出言調戲，還打算動手。由於太接近對方，若雪用不着繩鏢還擊，眼見她要被強行拖走之際，張喜剛好從十三行走出來。他瘦骨嶙峋，單看體形，對方穩佔上風。他認出兩人是十三行洋店的負責人，於是臨急想出一個方法。

他裝得慌慌張張，用英語跟他們說：「你們貨倉內的鴉片着火了！」十三行商人從壟斷外貿特權中崛起，實力顯赫，除了精明過人，更有迎合朝廷的手段和能力。他們做的是正經生意，但擔保的外國商人為了牟取暴利，往往夾帶鴉片。林則徐來到廣州負責禁煙時，一方是朝廷官府，一方是多年來貿易往來的生意夥伴，兩邊都得罪不起。

花間小徑盡處有一幢木房子，在灰藍的天地之間滲出微弱燈光。張喜推開門，踏進有點雜亂的小茅房。若雪伏在背向窗戶的簡陋木櫈，身上搭着藏青色薄絨毯。她頭歪向右肩，眼皮半開半閉，似醒非醒。她像是感應到他，睫毛微微地掀了掀。若雪醒來看見滿臉鬍渣的男人：「你回來了。」他對她微微一笑。「是的，我回來了。」

「感謝老天，這次我和洋人的交易成功，總算得到他們信任。接下來的貨，要靠你們付運了。」他吻着她的手。若雪用手臂把他緊緊圍住，像怕他消失一般。兩人忘情的深深擁吻，彷彿這世上只有彼此，再無其他。

兩人趕在成親前，多走一趟生意。前方有數十輛車，車是那種大軲轆車，一車可載重五百斤，由幾頭牛拉着車。一個車夫趕十幾輛牛車。若雪和張喜來到一個碼頭，碼頭一片漆黑，惟有貨倉的油燈能透出一點光亮。夜幕下的海，格外寂靜，讓若雪和張喜二人，下意識地放輕聲線。張喜送她一個銀幣。銀幣雕刻非常精緻，是一位年輕女皇的側面。

張喜告訴她：「這是英國貨幣，是六便士。她是維多利亞女皇。」張喜把她擁入懷中：「有一天，我們坐大火船，到英國去看看。」

在海邊的碼頭一路而來，鏢局的人押着鏢車走上山路，快將翻過山頭。他們喊着鏢號上路，聲聲「合吾」。忽見一班人在崖上出現，喊打喊殺，不知是兵是賊，只知他們必定是衝着自己的鏢車而來。若雪跨上馬背，下令：「快！輪子盤頭！」面前的所有鏢車，應聲圍成一個圈，準備禦敵。

說時遲那時快，彥晴左膊一陣疼痛，他低頭一看，鋒利的箭頭沒入了一大截，左膊的衣袖，瞬間染成血紅，漫向胸口。「若雪，快帶幾個人推着鏢車跟我走！」張喜在混亂中出現。彥晴眼前一黑，在人聲馬踏之間，隱約感受到被人推上了鏢車，沒入貨堆之中。

當他再次醒來，知道自己身在倉庫。若雪雙手被反綁，問張喜：「為甚麼有官兵截擊？你又來搶走我們的鏢車？」張喜身穿洋裝，向着若雪嘆氣：「我身不由己；我的生意夥伴正是砵典乍先生。」「我不明白，這批貨正是砵典乍先生付押。」

「官兵這陣子查得太緊，我要找全縣城最正氣的鏢局，才能在這幾次付運成功。」若雪驚異地問：「你們接近我，只是想利用我們之間的關係，不追究剛剛從碼頭收的是甚麼貨物？」

張喜說向着若雪嘆氣：「不是你所想那樣的。」若雪愣愣地問：「你一路與我同行，並非因為喜歡我，而是監視。莫非，這批貨是……」

這時，砵典乍走進來用英文說：「她的所有同伴都被清兵殺死了，你要今晚殺死她，免留活口。」

張喜提高聲調：「你不是答應過，不殺她和她的父親？」砵典乍冷笑：「誰叫他們沒本事安全運送我的貨物？她父親被官兵殺死，怪得了誰？要怪，就怪他們的官府無端生事，來管我們大英帝國送來的貨物。」

貨倉裏密集裝箱，讓人看得眼花繚亂。在砵典乍離開之後，張喜瞬間靜默下來。「時間無多，你快跟我走！」張喜拉着她瘦小的手臂，這時，貨倉大門被外面看守的人打開，開門的人往內左右看了兩眼。「押鏢隊的屍體都已統統掉進大海，砵典乍先生問，要不要我來幫你處置她？」

若雪登時怔住，絕望地看着張喜：「這人在說甚麼？我的家人，我的鏢隊，他們……他們都死了？是你害死的……」

花如雪，雪如花。浪花像風雪撲向崖上的張喜，他看着若雪被拋下大海時，心如刀割。在其他人走了之後，他想也不想跳進了大海，「若雪，你聽到了嗎？若雪。」他像瘋子一般呼喚着……

當他游返岸上，他拖着一身的濕漉漉，整個身體都變得很重，但仍不夠內心沉重。為了飛黃騰達，他曾經以為愛情只是次要。但，原來世上並非所有事情都可以排序優次。優次的存在，只是為了失去時，令自己內心好過。

他每天派人搜索，每天守在海邊的他，始終無法找到她。

沉淪在失落的海，他彷彿失去了靈魂。在十三行迎來送往，如行屍走肉。

這時，英國政府派遠征軍到達廣東，以少數兵力封鎖珠江口，主力攻陷浙江定海，抵達天津海口，直逼北京。清政府萬分震驚，英軍對林則徐禁煙運動作出指控，要求清政府割讓土地、賠償軍費和煙價等。清政府以為英軍的意思只在控訴林則徐，於是將他罷免；但罷免林則徐並不是英軍的目的。

鴉片戰爭爆發，一眾十三行商人都為這場戰爭貢獻了巨額的財富，修辦船隊。可惜，事與願違，清軍節節敗退。英軍突然攻佔虎門的大角、沙角炮台，從廣州一路北上。投閒置散一段日子，有一天，朝廷派人來找他出使。

張喜聽到鴉片兩個字，腦筋頓覺暈眩。這班唯利是圖的狡詐洋商，為了鴉片，令中國百姓家破人亡。不單是吸食者；他想起被拋進大海的若雪，想起敢怒不敢言的自己，心裏有着切膚之痛。但，他忽然有了一個想法。

科考無望之後，他一直是伊里布府上最低級的師爺，學會一點英語，來了十三行打滾幾年。適逢此時清政府用人之際，不是為私利，而是為大義。惟有以此為靈魂贖罪，他才可以站起來做人。

英國人讚他爽快，此後特別看重張喜。他曾在十三行和不少狡詐洋商交手，心裏很明白，即使他有三寸不爛之舌，亦未必能扭轉乾坤。既然已經賭上了人生，何妨盡力而為？

張喜到了南京，談判十分激烈，英國人要中國賠款三千萬銀元；張喜痛罵英國人是逆賊無賴。英方得知條件被拒，揚言要攻城。張喜來來回回奔走，想換一個緩衝時間，眼看對方必定斷然拒絕，但此時砵典乍出現了。

砵典乍知道了來者是他，非常驚訝：他居然當上代表中國來談判的高官？

張喜暗中和砵典乍見面，兩人來到碼頭。張喜想起他曾經給若雪的六便士，想起了她。他很想就此殺死了砵典乍為她報仇，也算是為自己贖罪。但他的理性告訴自己：砵典乍的死，不能結束鴉片之禍，只會令外國人有更多藉口掠奪，最後受苦的是百姓。政府積弱，地方勢力也被壓制，戰事如箭在弦，他可以做的，只是把傷害減至最低。即使，要做一個世人眼中的亡國奴。

砵典乍接見他，但並沒有把他放在眼內。砵典乍坐在圓桌前，拿起酒瓶一邊自斟自飲，一邊問：「很久沒見。此刻兵荒馬亂，還以為你早就死了。」張喜頓了一頓，說：「你的販運鴉片證據，在我手上。」兩兵交戰是敏感時刻，外商在禁煙時期賣鴉片，亦不敢太張揚，怕受英國輿論或變成政黨之間的政治武器。尤其，砵典乍這種準備大展拳腳的官員，隨時被政客乘機拉下馬。誰會在乎仁義道德？一切只講個人利益。

砵典乍沒有看向他，仍舊盯着杯中烈酒。「我此刻就可以殺死你。」張喜掀動一下嘴角：「我不做沒把握的交易。外面所有中外報館，都知道我來見你，如果我不能回去，你一定有麻煩。」砵典乍抬頭：「你把哪些甚麼鬼證據給了記者？」

張喜沒有正面回答，只是說：「多等我一天。」砵典乍一臉憤懣：「好！我等你一天，如清政府再無回信，我立即攻城。」

最後，清朝被迫簽和約，與英方簽訂了中國歷史上第一個不平等條約《南京條約》，其主要內容包括割讓香港島給英國；中國向英國賠款二千一百萬銀元；中國開放廣州、福州、廈門、寧波、上海五地為通商口岸；英國在中國進出口貨物的稅率由中英共同議定；英國人在中國犯罪可不受中國法律制裁等。

若雪和彥晴看着種種前事，並未回到現實。《南京條約》正式談判那天，張喜失蹤了。

若雪想知道，張喜為甚麼失蹤？她返回在花間小徑盡處的木房子，看見灰藍的天地之間滲出微弱燈光。彥晴推開門，踏進有點雜亂的小茅房。若雪躲在他身後，看見背向窗戶的簡陋木櫈，身上搭着藏青色薄絨毯的張喜。他似醒非醒，滿臉鬍渣，看向門口：「你回來了？」他對她微微一笑。

若雪和彥晴愣了一愣，照道理他沒可能看見自己。

張喜搖頭，自言自語：「是風吹開了門吧？你死了，不會回來了。」他看到的，只是空氣。他拿出一條白麻布條，掛在樑上。

「所有事都完結。雖然達成和議休戰，但我並未能為朝廷爭取最佳利益。面對若雪你家幾十條人命，我已無法厚顏地生存下去。」他雙手握緊布條，仰天向神期許：「如果若雪已成為怨靈，求你用方法為她續命，好等她轉世有期。我願，獻上靈魂，此生不再轉世。」

四方木櫈，在張喜懸浮的雙腳下砰然倒地，窗外漫天飛花。

她所以當成車長，她所以能被安排與彥晴相遇，她所以再次愛上一個人然後獲重生，都是因為張喜以靈魂起誓？

若雪閉上眼睛，一滴帶着溫度的淚珠，從她臉龐滑下。一瞬間，百年恩仇盡散。彥晴怕她傷心，拉她出屋外。她把頭擱在他胸前，感覺像一艘漂泊了很久的船，終於找到靠岸的碼頭。在樹林陰影下，若雪如皓月一樣的臉蛋，被隱藏在樹林陰影下的彥晴捧在掌心。他感受到她的脆弱，他很想用一生去愛護她。

他輕輕吻在她臉頰，然後把嘴唇向下移走，直至接上了若雪震動的柔唇，溫軟感瞬間傳送到他的內心深處……唇上的溫柔，充滿水潤的感覺，正是他夢中的回憶。

這雙捧着她臉蛋的手……他自己就是這個男人。從他的父母離世開始，他每隔數個月做這相同的夢，印記的原來不是過去，而是未來。

「如果我們留在這裏，是否不用分別？」彥晴抬起眼睛。若雪愣住：「你意思是，我們讓靈魂留在這段過去，不要回到現實？」

彥晴微笑：「如果我們留在這裏，可以永遠相守吧？你不用再理會乾涸的未央湖。我可以和你留在這個空間。」

若雪感動地看着他：「你願意為我放棄你今世的肉身？」彥晴腦海中蕩漾着紅榴的忠告：你們絕不能留戀於前塵，必須馬上回來。

彥晴平靜地說：「我們如果不回去，相信並非只是放棄肉身，而是成為背叛的靈魂，違抗了神。」

此刻的若雪，已經放下了所有仇恨。她的眼眸裏，是彥晴面印證的誠懇。

就在此時，彥晴看見若雪背後有一隻灰白色的飛蛾，一直在盤旋。

第二十章

結局

未央湖即近乾涸，湖心尚餘一潭淺水，塘底出現一株花樹。

樹身五米高，樹枝彎曲，單葉互生，先端分岔，全綠成心形狀，長闊約十厘米，大而薄，葉脈明顯。樹上開滿鮮艷紫紅色花，貌似蘭花，有五片大花瓣，上花瓣有深紫色脈紋，其餘四片脈紋較淺，花芯有雄蕊五枚。

它是不會結果的花。

彥晴和若雪，最後還是回來了。彥晴看見若雪背後的飛蛾，久久不離開。他猜想，那一定是張喜。彥晴耳邊亮起他臨死的禱告：如果若雪已成為怨靈，求你用方法為她續命，好等她轉世有期。

對彥晴來說，若雪是不是怨靈，已經毫不重要。難得她已放下執念，如果她跟從他的意願留下，便會違抗了神，成為背叛的靈魂，永遠不得轉世。此生，她的苦已經太多，即使愛有多深，彥晴亦不能用愛情，去囚禁她的靈魂。

彥晴看見飛蛾，當下就明白，他要放手。他和她的遇見，就是為了這一場修習。

在剩下來的日子，若雪和彥晴雖然工作很忙碌，但他們並沒有減少放工後的約會。

若雪帶彥晴走訪歷史名勝，訴說一段段殖民時代故事。彥晴帶若雪吃盡大街小巷食肆，與她手拖手看遍當時得令的中外電影。為了注滿甜蜜回憶，彷彿要把一個月時間當作十年。

兩人唯一不敢去的地方，是未央湖。他們都在逃避，害怕看見湖水終於乾涸，彥晴便要送走若雪。

有一晚，彥晴做了一個夢。當年，十歲的若雪和她爸爸在街上遇見為父母送葬的小子，若雪安慰了他，還送他一條手帕。小子衣衫襤褸，若雪的爸爸收留了他在鏢局做雜役。他發誓要守護她，這小子，就是彥晴的前生。

彥晴從夢中乍醒，百年之後，經過漫長歲月，彥晴還是回到了若雪身邊。此時做這種夢，他心裏但覺不妥。他霍然跳起，一口氣跑到石板街，跑到車站，跑到未央湖。

他當場怔住：未央湖已經完全乾涸。

他馬上衝往若雪的車卡。當他看見她穿着一身素白紗裙的背影，他吁了一口氣。

「來到我們分別的這天了。」若雪轉身，抬起哭腫的眼睛。彥晴心裏很痛，但怕若雪會有留戀，所以一直忍着不敢哭。他隱藏着悲傷：「你穿着得有如天仙下凡，只怕我此生不能找到比你更漂亮的女人。」

「不要。」若雪拉着他的手：「你要找一個愛你的女生，你要有幸福的人生。」

彥晴搖頭：「我不會忘記你，我不能忘記你。我們，會在下一生再遇。」這時，響亮的汽笛聲在催促彥晴下車。列車即將開動，這一趟車，是專門為送走它的車長。

若雪送他下車，她站在車廂梯級上，自己沒有下車。彥晴雙腳像釘在月台上的梯級前，忽然用手緊緊抱着她的頭，深深吻了她一下。

彥晴從口袋掏出把他們連結的紅榴石：「紅榴石是擁有新生、信仰以及純樸的象徵，同時它代表永恆愛情。傳説奧德修斯出征特洛伊前，他美麗的妻子珀涅羅珀給他一塊紅榴石。之後特洛伊戰爭十餘年，珀涅羅珀一直忠於愛情，沒有因為歲月等待而放棄。最終，她等到了奧德修斯的歸來，終生廝守。」

彥晴把石頭交給若雪：「我會等你歸來。」若雪淚眼模糊，拚命點頭。

火車頭噴出蒸汽，車身緩緩向前移動，他倆緊握的手被逼放開。若雪用雙手拉着梯級旁的扶桿向逐漸後移的彥晴說：「我們會再見的，約定了……」

彥晴盡全力跟着火車跑，一邊揮手，一邊勉力堆起像沙皮狗的笑容：「好呀！我們會再見的……」伴隨着「哐當哐當」的鐵軌摩擦聲呼嘯而過，列車在轟鳴聲下揚長而去。

當若雪終於消失在雲團的一刻，他全身虛脫，跪在地上。彥晴雙手撐着地面，一個人在月台，放聲大哭。

「非要等送走她後，你才敢哭？」站在遠處的紅榴，看着嚎哭的彥晴，看着這樣子叫人心酸的愛情，眼眶通紅。

若雪再沒有回來，彥晴在車站等到天亮，再也盼不到若雪。

這一天之後，石板街的車站消失了。也許，神又在另一個地方，安置另一個靈魂列車車長。他把紅榴石交了給若雪，他再也不會見到靈魂。

可是，他並不需要急着找工作。

現在，彥晴手裏有着一筆可觀的遣散費：若雪把石板街的店鋪轉名給他。

從此，紅樒成為了他的租客。

彥晴住進了店鋪的閣樓，偌小的地方，曾經是有維多利亞式花園的車站廣場。脱皮的牆身，藏匿着一個紅磚車站。

車站的紅磚牆身和圓頂設計，正是十九世紀流行的建築風格。這車站主樓高三層，由紅磚和花崗岩建造，具有羅馬式建築常見的傾斜排水溝。主樓擁有一個巨大的玫瑰窗，屋頂有小看台，並且有一個很高的鐘樓。

鐘樓下有燈火通明的票務大堂，大堂入口處有兩面藍白寶石玫瑰砌成的牆，鬼斧神工。穿過藍白玫瑰交織的花牆，推門而進，富麗堂皇的大廳，絲絨梳化，配合着吊頂的水晶星燈，如水銀瀉地，讓酒店的整體氛圍神秘了起來，站在大堂中央抬頭，甚至會有仰望星空的錯覺。寬敞明亮的區域、透明的展櫃、暖黃色燈光、落地玻璃窗。綴滿華麗雕飾的高聳天花拱頂、大理石地板搭配充滿時代感的歐式品味傢具；售票櫃檯上方懸吊着多個高低錯落的輪形吊燈，輪圈外圍和輪圈中心相互套索，注入現代感之餘，亦與大堂中央擺設的古典皇室馬車，相互交映。

走進龐大的古老月台，羅馬式半圓拱頂設計，旁邊有咖啡店和紀念品店，彷彿作家筆下的魔法世界。牆上鑲滿魔杖盒櫃、壁畫，甚至是貼在牆上的魔法海報，也令人彷似置身於電影當中。月台上以貓眼石鋪砌成大道，離開金光璀璨的火車站踏上征途。

登上火車的第一卡車廂，車廂外寫着職員專列。這卡車廂內都是包廂，充滿各式各樣特色牆壁，散發濃濃藝術氣息。車廂門口是弧形古典樓梯，浪漫的氣息一湧而來。他沒想到這車卡有兩層，剛才從外觀所見一點也看不出來。拾級而上，觸手所及的黃銅欄杆極盡奢華復古卻又感覺冰冷，這裏有一個小客廳，後面是一間巨大的套房包廂。小客廳周圍掛上當代畫，像一間美術館，將不同時期的藝術品、畫作和古董搬到了車廂裏。

小客廳裏，坐着穿着白紗裙的若雪，抬頭向他微笑……

此刻在閣樓的彥晴揚手，掀開小窗簾。昏昏沉沉一段日子，像死了一百遍的他，看見窗外燦爛陽光。

他隨手拿起一枝原子筆，在窗框下發黃的牆角寫了一句說話。然後，他離開了這個窩居一個月的破舊閣樓。

他決定抖擻精神重新出發，臨出門，轉身看一眼自己寫給若雪的最後一句情話。他微笑，拍拍身上的灰塵，把門關上。

陽光，落在他剛剛寫的字上。

將來，到你轉世，每當看見晴天，便不覺得孤獨。因為，我就是你的晴天。

——完——

後記

若雪的命運，和洋紫荊同根，就是未央湖底的花樹。

這種花在一百四十年前出現在這世上，從未在地球上其他地方被發現。當年，一名巴黎外方傳教會神父，在野外發現了它，並且以插技方式移植至薄扶林道一帶的伯大尼修道院。三十年後，植物及林務部總監將它判定為新物種，並且發表。人們將洋紫荊的拉丁文學名的種加詞命名為「Blakeana」，以紀念熱愛研究植物的第十二任港督卜力（Sir Henry Arthur Blake）伉儷。一九六五年，洋紫荊被正式定為香港市花，回歸後成為區旗。

植物學家近年把花朵、種子、繁殖能力及基因序列，對比分析，證實它並非獨立品種，而是兩個品種雜交而成的混種，僅此一次。由於混種植物不能自行繁殖，亦即是，現存世上所見的洋紫荊，都是由同一株原樹移植出來。

洋紫荊在香港到處可見，平凡不過；但正正它太「平凡」，令人忽略了背負的「意義」。香港殖民地歷史與本土文化，是中西文化碰撞而產生自身獨特性，然後生根。然而，與大部份雜交植物一樣，因缺少特定染色體而無法結果，即使結出莢果，亦通常不帶種子、無法成熟。

大城小事，小說大義，文學就是種子，大樹下有我們的歷史。

www.cosmosbooks.com.hk

書　　名　石板街火車站
作　　者　金　鈴
編　　輯　王穎嫻
封面設計　郭志民
美術編輯　楊曉林
出　　版　天地圖書有限公司
香港黃竹坑道46號
新興工業大廈11樓（總寫字樓）
電話：2528 3671　傳真：2865 2609
香港灣仔莊士敦道30號地庫（門市部）
電話：2865 0708 傳真：2861 1541
印　　刷　亨泰印刷有限公司
柴灣利眾街27號德景工業大廈10字樓
電話：2896 3687　傳真：2558 1902
發　　行　香港聯合書刊物流有限公司
香港新界荃灣德士古道220-248號荃灣工業中心16樓
電話：2150 2100　傳真：2407 3062
出版日期　2021年5月/ 初版・香港

ISBN 978-988-8549-64-1